中島らも短篇小説コレクション

美しい手

中島らも 著
小堀 純 編

筑摩書房

目次

中島らも短篇小説コレクション

――美しい手

6

美しい手

美しい全ての手は哀しい。封も切られずに捨てられた手紙のように哀しい。夜明け前のガソリン・スタンドのように哀しい。ささくれたヴィオラの弓の馬の毛のように哀しい。二つ用意された左手だけの手袋のように哀しい。野ウサギの腹を裂けない、そのおののきの故に哀しい。深夜、車庫に帰って行く無人の客車の窓明りのように哀しい。美しい手は哀しい。

黒レースの手袋はそのために用意されている。

これら、美しい手が、かつて摑みそこなったものたち。

白砂。愛。朝露。陽光。恋人の吐き出したマルボロの紫煙。ゴシップ。愚痴の数々。懇願。大あくび。くわだて。中之島公園の風。

僕が出逢った、さまざまの手。

デザイナーの手。小説家の手。土工の手。コックの手。恋人の手。墓守りの手。音楽家の手。子供の手。義手。政治家の手。尼崎に住んでいる両親の手。ロックンローラーの手。ビジネスマンの手。女優の手。レスラーの手。盗っ人の手。

固い手。やわらかな手。乾いた手。湿った手。黄疸で黄色くなった手。

まがりなりにも「手」の役割を演じているこの五本の突起物をくっつけた海星《ひとで》たち。海底の握手。無感動《アパシー》を交換しあうための儀式。

「おい。カズやん。牛乳買うてこい《こ》や」

ボスが言う。

「ヘイ。あにい、何本買うてきまひょ?」

「こんだけや」

と、兄いは手のひらを差し出す。小指が半分しかない。カズは考える。三秒ほど。

「ヘイ。すぐ行ってきま」

しばらくすると、カズは牛乳四本とヨーグルトを一本買って来た。

インディアンが自分の牛を数えている。指を折って数えている。

「一、二、三、四、五、六、七、八、九、十。……たくさん、たくさん、たくさん」

「夜、ツメを切るのはようないんやで」

祖母が僕にいう。僕は彼女が眠るのを見すましてから、猛然とツメ切りにとりかかる。これ以上悪い状態というのがどういうものなのか、一度でいいから見てみたいからだ。

美しい手は、洗い物をしたことがない。菜を刻んでいて、自らを切ったことがない。美しい手は二月の水の冷たさや、血の塩からさを知らない。美しい手は、人を、事物を愛することを知らない、奇妙に長い指を持っている。美しい手は白い。たまさか、葡萄の紫に染まるくらいのことだ。

当時の僕は、映画という熱病にとりつかれていた。古典や幾何学や生物学を学ばされるカビ臭い学校は、ただただ日曜日の映画館を際立たせるためだけに在った。封切りを見にいく小遣い銭はない。自転車を駆って、阪神尼崎の小屋まで三本立てを観に行くのだった。

ケーリー・グラント、オードリ・ヘップバーン、ソフィア・ローレン、マリリン・モンロー、ハンフリー・ボガート、ユル・ブリンナー、ジョージ・チャキリス、ジェームズ・コバーンＥＴＣＥＴＣ。便所臭い小屋の中で、僕はこれらの美男・美女とともにどこへでも行くことができた。ニューヨークへ、パリへ、モロッコへ、カサブランカへ、マラカイボへ、ペンシルバニアへ、宇宙へ、ローマ時代へ、西部開拓時代へ、第二次大戦中へ。時も空間も、ガタのきた映画館の椅子に座るだけで、ブーッというあのブザーと「只今より上映を開始いたします」という、大阪なまりのアナウンスを聞くだけで、とび越えることができるのだった。それはたぶん、宇宙ロケットのパイロットが発射のカウントを聞くのと同質の興奮であり高鳴りであったに違いない。

半円形をした窓口に向って、僕はいう。

「学生一枚」

ジーンズの尻から、十分ほどの自転車行でクシャクシャになった千円札を渡しながら。

半円形の窓口から、無言の手が差し出されその千円を受けとると、小さなチケットを押しもどしてくる。

白い花車《きやしや》な手。若々しい肌。札の数枚か、チケットの束ほどのものしか持ったことのないような手。この世界の重さを峻拒《しゆんきよ》し、それ自体が無色の花びらのように無意味と無意味の間の季節を風渡《かざわた》りしているような手。

僕は毎日曜日、この手と邂逅するわけだ。半円形の切符売りの窓口を通して。

何年も通ううちに、僕の心の中で、その小さな白い手はこれから始まる銀幕の上の、楽しかったり哀しかったりする人生模様の誘《いざな》いのシグナルに変化していった。

その人の手自体は、小ぶりではあるが、いわゆるふっくりとした「甘手」ではなく、余分なものを許さない機能美であって、そのくせどこかに女性らしいはんなりとした優美をたたえていた。少し奇妙なのは、いつも左手の小指だけに紫色のマニキュアをしていることだった。それは、いつ行っても同じことだった。若い僕には、それが彼女のエキセントリックな部分なのか、それとも少女らしい含羞のあらわれなのか、皆目見当もつかなかったし、またそれ以上深く考えてみる興味も持ち合わせていなかったのだ。

差し出される小さな手。小指の紫色のマニキュア。これから始まる恋愛映画。

映画を三本ずつ見る癖がつくと、一本一本についての詳細《デテイル》の記憶というものは、ひどく散漫になる。場合によっては「駅馬車」と「真昼の決闘」のいくつかの部分が僕の頭の中で入れ替ってしまうことすらある。従って、僕の映画の見方というのは、他の映画狂とはかなり様相を異にしているようだ。僕はドラマツゥルギーを無視する。監督の名も、男優、女優の名も全て忘れている。僕の映画観の中には「A級」「B級」「C級」という位階制《ヒエラルキー》はない。僕にとって重要なのは、百分前後の作品の中の、たったの一シーンなのである。この魂のどこかに直接射込まれてくるシーン。ストーリーにはとくに不必要でも、そこに「人間」がまざまざと描かれているシーン。あるいは取り返しのきかない夢の中の風景に再会できたかのようなシーン。僕にとって映画とはそれ以上のものでも以下のものでもない。

そして、それら無数のシーンへと僕を誘《いざな》うのが、あの白い手、小指に紫のマニキュアをした、あの手なのである。

思えば、僕はあの手すらも、シーンの一つとしてとらえていたのではないか。暗い半円形の穴の奥には、若い女の子の全身があったはずだ。年はいくつぐらいだったろう。髪の毛は染めていたろうか。丸顔？　細面《ほそおもて》？　目は大きかったろうか。セックスは好きだったろうか。意地悪な娘だったろうか。脚は綺麗だったろうか。翼は生えていたろうか。

窓から無造作に差し出される手には、そのどれ一つをも暗示するものはなかった。

何年もの時が過ぎた。僕は、くそ忙しくて給料が安いのだけが取柄（？）の、小さな広告会社に入った。コンセプトもリサーチも要らねえ。走れる体力が勝負だ。当然のことに映画とは遠ざかっていった。件《くだん》の映画館もとっくにつぶれて、今はマーケットになっている。左の小指にマニキュアをしたお嬢さんは今ではワーナー・ブラザースのライオンよろしく、僕の記憶の中で一つの吠え声になっている。

それでも、その白い手は出てくる。注射器を持って、僕の夢の中に。六時間ほどの異世界をたったの千円で。さあ、お出しなさい。そのジーンズのお尻でシワクチャになっている千円札を。こわくなんかない。あたしはこの半円形の窓口から白い手を出すだけ。決して貴男を引っぱり込んだりはしない。たいへんなんだから、この中は……。

阪急東通り商店街は人間どもの熱気でむせかえるようだった。人、人、人。僕の吸う分の息さえおぼつかない。僕は紺色の化繊のスーツを着込まされ、アタッシュケースを検便みたいにぶらさげて。僕は呪っていた。この世の有り様の全てを。醜い男が札束をかかえて処女たちを籠絡する。エロール・フリンは現われない。永久に。これが汗まみれになって僕が立ちつくしている世界だ。誰かがあの銀幕を切り裂いたのだ。虚構を、完結を、そしてそれらの持っている美しさを憎みきっている奴が……。犯人は僕だったのかも知れないし、あるいは僕を「大人」へと捏《こ》ねくり上げていった、全ての群衆の仕業だったのかも知れない。

曽根崎商店街の雑踏の中で、僕はふと見つけた。あの白い手を。左の小指に紫のマニキュアをした、あの白い手を。僕は思わず声をあげそうになった。それを押し止めたのは、その白い手がしっかりと、男の腕に絡みついていたからだ。

美しい全ての手は哀しい。それは、インカの、ローマの、パリの、大阪の、全ての夭折した少年たちの、ビジョンに満ちた双眼を、優しい手つきで閉じてみせるからだ。

〝青〟を売るお店

いらっしゃいませ。どうぞご自由にごらんになって下さい。奥の方にもずっと陳列してございます。あ、それですか。それは輸入品ですね。「カリフォルニアの空の青」なんですがね、いい色でしょう。その隣は「マリン・ブルー」ですね。ええ、エーゲ海です。深くて澄んでていい色でしょう。お値段も少しはりますけどね。お客さんだともう少しノスタルジックなのなんか似合うかも知れませんね。これなんか日本製ですけどね、「信州の秋空」って品です。秋になって、空が高ぁくなりますね。そしたら子供たちが遠い遠いトンボを追って、どこまでも山道を行くでしょう。空は、ちょっと哀しいぐらいの深い蒼なんです。で、夕方になって子供たちが帰ってきます。みんな、ほら、まっ青に染まって帰ってきます。それをお母さんが叱りながら洗い落としてやるでしょう？　その蒼を集めたのがこれなんです。え？　その隣ですか、それは空の青と海の青を一ビンに一緒にしたものです。上と下で少し色が違うでしょ。え？　まん中に何か白い物が浮いてる？……あなた、そりゃ白鳥ですよ。

いらっしゃいませ。どうぞご自由にごらんになって下さい。はい？　古い品がよろしいんですか。じゃ、ちょい古めで、この辺なんかいかがでしょう。「マミー・ブルー」なんか。え？もっと古いのですか。じゃ、これ。「ネイビー・ブルー」「ブルー・ターンズ・トゥ・グレイ」「ブルー・カナリー」「ブルー・レディに紅いバラ」とか、もうこうなるとほとんど我々おっさん同志にしかわからないギャグを言ってしまったという気がしますが。えっ、も、もっと古いのですか。そうなると、もう骨董ですな。えい、これでどうです。「古色蒼然」「蒼古の昔」「蒼光り・ビンヅル一号」なんてのは。「青剃り頭・空海三号」ってのもありますが。え、全部お買上げいただけますか。ありがとうございます。ありがとうございます。ほんと、実は困ってたんですよ。売れないもんで隅っこに寄しときましたら、そこから白アリがでましてね。は、頂戴いたしますです。おや、こりゃまた見なれないお金ですな。え？　小判？　お客さん、あんた私をからかってんでしょ、頭の上にチョンマゲなんかのっけてっ‼

お客さま、失礼ですがご気分でもお悪いんじゃ。お顔の色がひどく青ざめてらっしゃる。え？　気鬱ですか。ははぁ、なるほど。じゃ、これをどうぞ。「ブルース」なんですがね。ユーウツな時にブルースやって逆効果じゃないかってんですか？　ははは、お客さん、あなた暑いときに「ああ、暑い暑いっ」て言いませんか？　痛い時には「痛いっ！」て大声で叫びませんか？　ブルースだっておんなじことです。思いっきりユーウツを外にばらまきゃいいんですよ。だいたい人間ね、痛いの暑いのユーウツだの、ゴタク並べられるうちはまだ大丈夫なんですよ。ほんとに命にかかわるほどひどい人ってのは口なんかききゃしませんものね。どうですか、ちょっとフタあけてみますか。ほら。

♫俺の葬式にゃ、みんなで
　赤い服を着てきておくれ
俺の葬式にゃ、みんなで
　赤い服を着てきておくれ
この世じゃロクなことなかった
せめて派手に騒いでほしいんだ♪
ハハ、こりゃ少し赤かったかな。

店じまいをしていると、少年が一人、息をきらせながらやってきた。ガールフレンドの誕生日をすっかり忘れていたので、大あわてでプレゼントを買いにきたのだという。私がすすめた「青春」という安物の小ビンを手にすると、少年はまた、嬉しいことでもあった小犬のように、ピョンピョン跳ねながら走り去った。

その後ろ姿をながめながら私はボンヤリと自分の記憶の中を手さぐりして、私自身の「青春」という言葉をさがし出そうとしていた。しかし、そこにはハッキリとした形のあるものは何もないのだった。杉林の匂いの中を歩く時の茫然としたエロティシズムのようなもの。あるいは夜の闇の中を遠ざかっていく汽車のテールランプの透明な哀しみのようなもの。何かしら、そんな感じのものが転がっているだけだった。「若い」ということは哀しい。なぜならそれは、さ中にあっては気づかず、失って初めてそれと知る性質のものだからだ。あの、歌々に満ち震えていた日々。私は夢を見ていたのだろうか。それとも夢が私を見ていたのだろうか。私にはわからない。

日の出通り商店街　いきいきデー

日の出通り商店街を歩いていると、天ぷら屋が襲ってきた。

しかもま上からである。

どうも頭上でちりちり妙な音がすると気づいて、すかさず前に走ったのがよかった。間髪入れず、さっきまでおれのいたところに大量の煮え油が降ってきた。

路面のコンクリートが、しゃっと泡をたてて揚がった。

おれは、「天吉」の二階をゆっくりと見上げた。おやじの通称「ハマちゃん」が、空になった天ぷら鍋を両手に持って、口惜しそうにベランダからこちらを見下ろしている。

「おい、ハマちゃん」

おれは言った。

「悪い油使ってるな」

「うるせえ」

ハマちゃんは、みごとに禿《は》げ上がった前額部にカッと血を昇らせて言い返した。

「大北京、お前んとこの油なんざ、うちのと比べたら酒としょんべんくらい違わあ」

「ルール違反じゃないのか。自分の家の二階から仕掛けてきやがって。道でやり合うのが本筋だろうが。何なら、おれもそっちへずかずか上がり込んでってシロクロつけてやろうか？」

おれは、楯《たて》がわりの中華鍋と研《と》ぎ上げた中華包丁をハマちゃんに誇示してみせた。

「〝いきいきデー〟の面《つら》汚しみたいな真似をするんじゃねえ。それともお前は……」

ここでおれは一瞬言葉をためてハマちゃんを睨《にら》んだ。

「お前は、そういう生き方しかできないのか」

ハマちゃんはぐっと言葉に詰まって、しどろもどろの返事をした。

「そ、そんなこたねえ。もう少ししたら出ていくところだったんだ。風呂へはいって身を浄《きよ》め、新品のさるまたにはきかえたらな。どこで死んでもいいようにな。それまで、首でも洗って待ってろ」

「けっ。日が暮れらあ」

おれはせせら笑いをひとつ残して、「天吉」を後にした。

白昼の商店街は軒並みシャッターが降りている。

しんと静まり返って、子供の泣き声ひとつしない。

ただ、その静けさは普段の休日のそれとはまったく違う。何か、空気の中全体に神経の網の目が張りめぐらされているような。今にも空気が緊張に耐えきれずに呻《うめ》き声をたてそうな、そんな種類の静けさだ。

おれはもううっすらと汗をかいていた。

振り返ってみる。

おれの店「大北京」の薄汚れた看板が見える。出前用のバイクに混じって、うちの子供の自転車と三輪車が放置されている。店先にはキャベツのはいった段ボールと業務用中華みそスープの空き缶と。

最低の店だ。

何が「大北京」だ。

見てくれもひどいが、味はもっとすごい。

「天吉」の言うのももっともだ。うちは安物の油を使っている。おまけにおれが腹を立てているときには味つけが無茶苦茶に塩辛くなるらしい。

そんなことは、ま、いい。

驚いたのは、おれが「大北京」を出てからまだ十数メートルしか進んでいないということだった。

時間は永遠のようにも感じられる。


時計を見る。

十二時十一分だ。

〝いきいきデー〟の開催時刻は、昼の十二時から夕方六時までである。家を出るやいきなり天ぷら屋に襲われて、実のところまだ心臓が縮こまっている。夕方六時までの時間は永遠のようにも感じられる。

前進しようと前を向くと、二十メートルほど先にひょろりとした人影が立っていた。

真田外科医院の老先生だ。

往診用の革カバンを左手に下げて、白衣を着た長身は鶴のようにほっそりと頼りな気だ。

老先生は、おれの方を滋味あふるる温顔で眺《なが》めていた。

この先生には、たしかおれが小学生の頃からお世話になっている。

その頃から爺さんだった。

初めて先生に診てもらったのは小学六年生だった。

級友の井沢くんが、学校の三階の踊り場で、いきなりおれの背をどんと突いたのだ。

二階まで一気に転げ落ちた。

転がり具合が良かったのか、骨は折れなかった。ただ、階段の角の滑り止めの金具に顎《あご》が当たって、すぱっと切れたようだった。着ていた体操着の白が、みるみる血の色に染まって大騒ぎになった。

担任の柴詰という初老の女性教師、保健室の先生などが、あっという間に駆けつけてきた。

応急処置をしてもらっている頭の後ろで、〝犯人〟の井沢くんが柴詰先生に問い詰められている。

「井沢くん。どうしてこんなことしたの」

井沢くんは、自分の引き起こした惨事に半ば呆気《あっけ》にとられていたのだろう。最初のうちは、意味のある返答をすることができなかった。が、しばらくしてから薄ぼんやりとした声で、

「……おもしろいと思ったから」

と答えた。

おれは体育の先生の車に乗せられて、真田外科に運ばれた。

消毒液の匂いの染み込んだ診察室で、老先生は机に向かってカルテを書いていた。

おれが体育の先生に付き添われて部屋にはいると、老先生はくるりと椅子を反転させ、にこにこ笑いながら太くて枯れた声で、

「はは、どうしました」

と言った。

その一声で、おれはそれまでの緊張の糸が切れて、初めて泣き出したのを覚えている。

老先生はおれの傷口をアルコールで拭《ふ》いて眺めると、

「ふん。まあ、三針くらい縫っとこうかね。階段から落ちた？　なら念のために脳波もとっとくが、心配するようなことは何もないと思うよ。……何で落ちたの、階段を」

付き添いの先生が事情を説明した。

老先生は、痰《たん》のからんだ声で笑うと、言った。

「しょうがないねえ。男の子ってのは、そういう訳のわからんことをよくするんだよ」

老先生は、あのときのまんまの温顔でおれの方を見て言った。

「どうかね、ご主人、手の具合は」

「え。おかげさまで」

「神経まで切れてなかったから良かったんだがね。いかんよ、気をつけんと。プロのコックさんが中華包丁で手を切っとるようじゃな。医者が注射を打ちまちがえるようなもんだ」

三カ月ほど前に、白菜を刻んでいて左手を切ってしまった。親指と人差し指のつけねだ。四針ほど縫ってもらった。

「おれのことより」

老先生の顔を注意深く見る。

あいかわらずの温顔だ。

「先生、往診ですか？　なら、やめておかれたほうが。今日は、その」

「ああ、〝いきいきデー〟だな」

「ご存知で商店街へ出てこられたんですか。……じゃ……」

「初参加だがね。治すばっかりで一生終わることもないだろう。前から、参加して屍《しかばね》の山を築きたかったんだよ」

しゃべりながら、老先生の手がゆっくりと白衣のふところへ忍び込んだ。

一瞬、ちらりと奇妙なものが見えた。

昔のメキシコの山賊が肩にまとっていた弾帯に似たものだ。そいつに、ライフル弾ではなくて、手術用のメスがびっしりと装塡されていた。

老先生が、おれに向かってひょいと手を振った。

銀色の、小魚のようなものがきらめきつつ飛んできた。

かつん。

冴えた音がした。

おれが中華鍋で飛んでくるメスを弾き返したのだ。

息つく間もなかった。

二のメス、三のメスが飛んできた。

二のメスはやはり中華鍋で弾き返したが、三のメスがやばかった。老先生、おれの足もとを狙ってきたのだ。かろうじて体を入れ替えてよけた。

おれは荒い息を吐きながら、何とか苦笑いしてみせた。

「やるね、先生」

老先生は、

「うーむ」

と天を仰いで溜め息をついた。

「メスの先に、いっぱい面白いものを塗ってあるのにな。アコニチン。これはトリカブトの毒だな。青酸に砒素《ひそ》。d－ツボクラリン。これはアマゾン流域で使われていた矢毒クラーレの主成分なんだが。ま、メスが当たらんことには面白くも何ともないな。よし、大北京さん、今度は三本ずつ両手で投げてみるよ」

そんなことをされてたまるものか。

おれは、老先生が白衣の内側を探っている間に、とにかく前に向かって突進した。

老先生のメスの飛ぶ射程距離の内懐に飛び込まねばならない。

毒のメスが三本まとめて飛んできた。

二本はとんでもなく外れていたが、一本はおれの心臓めざして一直線に来た。

それを、
かんっ
と中華鍋で叩き落とす。

ついに老先生の手前、二、三メートルのところまで踏み込んだ。

勝てる
とおれは思った。と同時に、全身の血管が煮えたぎったようになって、頭の中が泡立った。

その間、○・何秒かのことだろう。

ふと見ると、老先生は診察カバンの中に手を滑り込ませて、何かを取り出す最中だった。

老先生はカバンから出した手に注射器を持って笑った。馬に打つような巨大な注射器だった。透明な液体がたっぷりとガラス管の中に充塡されていた。

おれは老先生との間合いをとりながら、鼻で笑った。

「先生。注射器ってのは、武器にならんよ。貧弱だよ」

「そう思うかね」

いきなり、注射器の先から液体が直線を描いて飛んできた。

中華鍋で受けるのが精一杯だった。

液体の飛沫が顔や腕に当たって、途端にひりひりと痛みが襲ってきた。

「酸だよ」

老先生は笑った。

「次はうまく目に当たるといいんだが」

藪《やぶ》医者め。何を抜かしやがる。

おれの中に凶暴な怒りがこみ上げてきて、それは恐怖を忘れさせるほど激しかった。

ぴゅっ
と、注射液の第二弾が飛来した。

おれは、それまで中華鍋の底を相手に向けてガードしていたが、その鍋をくるりと引っくり返した。

鍋の凹部に注射液が当たった。

その鍋を、頭上で一回転させて老先生に向けて振り切った。鍋返しはお手のものだ。

鍋の底の液体は遠心力を乗せたまま、老先生の胸から上に降りかかった。

「あち」

と老先生が呻いた。

おれはその足で二歩ほど踏み込むと、老先生の鶴のごとく細い首に、中華包丁を降りおろした。

頸動脈から笛のような音と一緒に血の筋を噴き出した老先生は、そのまま無言で路上に倒れ込んだ。

おれは何秒間かその姿を眺めてから言った。

「先生、その傷はね、〝手おくれ〟だよ」

前方の通りを、すいと誰かが横切っていった。

猫背の小男だ。

両肩に振り分けて、何本かガラス壜をぶら下げている。右手には半分にかち割ったビール壜を持っていた。

あれは酒屋の伝さんだ。

「なるほどな」

おれは心の中で笑った。

〝いきいきデー〟は、年に一度、誰を殺してもいい楽しい祭りだ。

ただ、いくつか、暗黙のルールがある。

たとえば、
・参加者のみが商店街の路上でプレイすること。
この点、さっきの天吉のハマちゃんなどは掟破りもいいところだ。

あるいは、
・己れの職能に関するノウハウをもってプレイすること。
これなどはルールというほどのものではないが、〝いきいきデー〟参加者に共通した一種の美学のようなものだ。八百屋のおじさんがM-16ライフルを入手して、それで闘っても別にかまいはしないのだが、それは非常に恥ずべきこととされる。そんな勝ち方をしても、世間の狭い町内会のことだ。〝いきいきデー〟以外の三百六十四日、非常に生きづらい日々を送ることになる。八百屋はやはり菜切り包丁、魚屋は出刃を持って敵に立ち向かうのが、〝いきいきデー〟への正しい参加の仕方だろう。

おれなんぞは中華料理のコックでよかった。

何といっても中華包丁は強力だ。ぶっ叩く、ぶった切る、刻む。〝突く〟以外のことは何でもできる万能包丁だ(もっとも〝いきいきデー〟で、「刻む」という動作はあまり役に立たないだろうが)。

そして片手の中華鍋。これが強力なディフェンスになる。鉄の楯だ。

その点、酒屋を商売にした伝さんは気の毒だ。これといった武器もない。

それにしても、伝さんはしきりに後ろの様子を窺《うかが》っているが、何をあんなに警戒しているのだろう。

その理由《わけ》はすぐにわかった。

横丁の角を、

ぎりっ

と曲がる鈍い音がして、七五〇ccのバイクが轟音と共に商店街に乗り入れてきた。

この町内であんなこけ威《おど》しのバイクを持っているのは一人しかいない。パチンコ屋の島内んとこの伜《せがれ》だ。

毎晩、人が眠る頃になってばかでかい爆音を立てやがって、町内でも札つきの暴走族だ。たしかまだ十八か十九じゃないのか。

未成年だが、〝いきいきデー〟には年齢制限といったものはない。参加したければ子供でも参加できる。しかし、今のところ参加者に女・子供は皆無である。たいていは三十五、六から上の壮年、老年の男子が参加する。島内んところの馬鹿息子なんぞは珍しい例だ。

それにしても、酒屋の伝さんは厄介な奴に見込まれたものだ。

伝さんは走って商店街を横切り、横丁の路地に逃げ込んだ。

いい作戦だ。

あそこは、人二人通れば肩が触れ合うくらいの細道だ。でかいバイクがそこへ乗り込めば横の動きは取れない。つまりは前進の、それも一撃しかできないことになる。

おれは小走りに駆けてその路地へ向かった。

人の闘いぶりを見るというのも〝いきいきデー〟の大いなる楽しみだ。の、筈《はず》だ。経験者からはそう聞いている。

実のところ、おれは四十二歳になるが、今年が初参加なのだ。

路地一杯に幅を取って、猛牛のような七五〇ccが唸《うな》りを上げていた。

ここは袋小路だから、その奥にいる伝さんに退路はない。伝さんは路地のどん詰まりで開き直った笑みを浮かべた。

聞き慣れた塩辛声が路地に響く。

「おい、暴走族。どうしたい。お父ちゃんに買ってもらったバイクでかかってこいよ」

そう言うと伝さんは肩からぶら下げた酒壜からぐびりと一口、らっぱ飲みに酒を飲んだ。

どうも伝さんはすでにかなり酔っているようだった。

「え？　坊主。かかってこい。バイクが壊れちまったら、また親父にひいひい甘えて泣きつきゃいいじゃないか。〝ねえ、パパあ〟ってな」

暴走息子は怒ってアクセルを踏み込み、空ぶかしさせた。路地いっぱいに排気ガスが立ちこめた。

「うるせえ。このバイクはなあ、親父なんかに買ってもらったんじゃない」

まだ青い声が、怒りのために高く裏返っていた。

「バイトして頭金を作ったんだ。うちの親父が、そんなことに一銭でも出すようなタマかよ。……お前ら、お前ら何にも知らないくせに」

「知りたくもないわい。そんなこたどうでもいいんだ。それより、とにかくうちの娘にちょっかい出すのはやめてもらおうかい」

暴走息子の声色がまた変わって、今度は黄色い声になった。

「おれがいつミキ坊にちょっかい出した」

「ふ。〝ぺっちんぐ〟したくせに」

「してないっ」

「ネタは上がってるんだ。親父の目を節穴と思うなよ。お前がミキにあてた傑作なラブレターも、あたしはちゃんと保管しとるんだ」

「え？」

「尾崎豊がラリって酔っ払って寝言で言ったような詩をよこしやがって、
♪おれは　ぶち壊したい
おれは　ぶち壊したい
　君への愛以外の
　この世のすべて
……かあ。はっははは。やれるもんならやってみろてんだ。はっははは」
「調子に乗るんじゃないぞ」
馬鹿息子は精一杯ドスを利《き》かせたつもりの低音で呻いた。バイクがまた爆音をあげた。
「ミンチにするぞ、この野郎」
「ああ、やってみろ」
伝さんの朗《ほが》らかな声が響いた。
どうやら伝さんは、酒と極度のストレスのせいで一種の躁《そう》状態になっているようだった。
「おれはな、二番の詩だってちゃんと暗記してるんだぞ。
♪おれは　突き抜けたい
おれは　突き抜けたい～」

「やめんかあっ」

馬鹿息子が絶叫した。

同時にバイクは唸りを上げて伝さん目がけて突進した。

その途端、伝さんが口から火を噴いた。

二メートル近いその長大な炎は、突進するバイク上の馬鹿息子のヘルメットを舐《な》め上げた。

「わ」

馬鹿息子は思わず両腕で顔面をかばった。その拍子にバイクはバランスを失って、伝さんの体すれすれのところを抜け、奥のブロック塀に激突した。

バイクに下半身を組み敷かれた形の馬鹿息子の上に、がらがらとブロック片が降り注いだ。

「アルコール度数七十度の酒だ。中国の白酒《パイチユー》だ」

伝さんはボトルから一口飲むと、ふい〜っと息を吐いた。

「何ならもう一焼きしてやろうか。しかし、バイクに引火したりしちゃ、このせせこましい路地だ。大火事になってしまうな。家に引っ込んでる者《もん》に迷惑かけたんじゃ、〝いきいきデー〟らしくないや。な。お前、命拾いしたんだぞ」

伝さんは、ブロックの崩れた中から馬鹿息子の上半身を助け起こそうとした。

馬鹿息子の首が、肩の上でぐらりと異様な角度に曲がった。

「頸《くび》を折っちまったのか」

伝さんは馬鹿息子の上体から手を離すと、ぼっそり呟《つぶや》いた。

「どうも近頃の若いのは、骨が弱くていかん」

おれは路地の入り口から、思わず拍手を送った。

伝さんは一瞬びくりとしてこちらを睨んだ。

「大北京の大将か」

「捨て身の攻撃だったな、伝さん」

「ああ。昨日の晩思いついたんだ。あたしにはこの〝火吹き〟しかないってね」

伝さんは、赤く血管の浮き上がった目でおれに向かって身構えた。

「大北京の。かかってくるかい」

おれは苦笑いして、目の前で手を振った。

「いや、よしとこう。たった今、一戦交えてきたとこだから」

伝さんの顔が、ほっと緩んだ。

「じゃ、〝タイム〟か」

おれは言った。

「ああ、〝タイム〟だ」

「じゃ、こっちへ来て一杯やらんかね」

おれは、波形のトタン板の続く、工場裏の路地を伝さんの方に向かって進んだ。

警戒心はない。

〝タイム〟は〝タイム〟だ。

伝さんはおれに白酒のボトルを差し出した。

おれは壜の口から一口あおると、ふがいなくむせ返りそうになった。

「ほとんどアルコールだね、こりゃ」

「ああ。うちに置いてる酒じゃ、〝ロン・リコ〟とこいつが一番強い」
二、三秒もたたないうちに、胃の中が火事になった。
おれは奥のブロック塀のあたりで倒れているバイクと馬鹿息子に目をやって言った。

「むつかしい相手を仕留めたね」

伝さんは目を細めた。

「ああ。何とも言えない気分だな、これは。大将は誰かやっつけたのかい」

「真田先生だ。外科の」

「あんな爺さんが、〝いきいきデー〟に参加してたのか」

「難敵だったよ。毒を塗ったメスを投げてきたうえに、注射器で劇薬を噴きつけてきた」

「へえ。みんな、それなりに考えてるんだなあ」

伝さんは、ポケットからショートホープを出して、一服吸いつけ、鼻孔からゆるゆると煙を吐いた。

「大将は、何回目だね、参加するのは」

「いや、おれは初めてなんだ。恥ずかしながら」

伝さんは、また白酒を一口飲んで言った。

「なに、あたしだって二回目だよ。おととし初挑戦してね。そんときは駅前でたこ焼き焼いてるオヤジ」

「ああ、かっちゃんか」

「かっちゃん、ていうのか。あれに千枚通しで突き殺されそうになって、リタイアしたよ。家出て十五分くらいしかたってないのにさ」

「かっちゃんは、去年の〝いきいきデー〟で植木屋の塩留《しおどめ》に殺されたよ。植木鋏《ばさみ》のでっかいやつで、右腕をちょきんと剪定《せんてぃ》されてな。失血死だ」

「二回も三回も出るからだ」

「伝さんだって二回目だろ」

「いや、あたしは、もう帰って寝るよ。大漁だったものな、今日は」

おれは、伝さんの奨《すす》める白酒を、墿から形だけ口に含んだ。

「前から誰かに尋ねたかったんだが」

「え？」

「いつ頃からあるのかね、日の出通り商店街のこの〝いきいきデー〟は」

「さあ、どうかなあ」

伝さんは首をひねった。

「あたしが子供の頃には、もうあったよ」

伝さんはたしかおれより十ほど歳上だ。

「親父が〝いきいきデー〟で死んでるからね。酒屋ってのは、認可とるのが厄介だから。あたしが一人前になるまで、お袋がけっぱって店を切り盛りしてたもんな。店と権利、手放すと損だから」

おれの頭の中に、白酒の酔いがまわってきた。ついつい、普段訊《き》けなかったことを伝さんに尋ねてしまった。

「な、伝さん。馬鹿なこと訊いていいか」

「ああ」

「なんで今日は人を殺してもいいのかね」

「へ？」

「日本てのは、その、まだ何とか法治国家だろ。何で人を殺してもいいんだ」

「そりゃ、大将」

伝さんは酔った頭で言葉を探しているようだった。

「そりゃ、大将。今日が〝いきいきデー〟で、ここが日の出通り商店街だからさ」

そうなのかもしれない。現に現職の警官だって、この〝いきいきデー〟にはピストルをぶら下げて参加しているのだ。

ただ、警官はあまり強くはないらしい。

ピストルが当たらないのだ。

去年も中年の警官が、中学校の体育教師に負けて殺された。

体育教師は元国体選手で、使った武器は「砲丸」だった。

「もうひとつ訊いてもいいかい」

おれは伝さんに言った。

「ああ、どうぞ」

のんびりした声が返ってきた。

「〝いきいきデー〟に参加するのは、中年の男や老人ばっかりだな。こんな暴走族の若いのなんて、滅多に出てこないじゃないか。なぜだい」

「それは……。連中には、その……若い男とか女には、やることがあるからね」

「やること？」

「女のことは……。つまりうちの嬶《かあ》ちゃんのことだがね。よくわからん。向こうでもそう思ってるよ」

「男の場合はどうなるのかね」

「男ってのは、そうだなあ。たとえば嬶ちゃんでも他の女でも誰でもいいや。アレをしてぴゅっと出るものが出て、そいつがめでたくご懐妊となったとするね。そしたらもうその男ってのは、はっきり言って、この世に要らないんだ」

「ふむ」

「カマキリの牡《おす》といっしょさ。人間の男は、カマキリより頭がいいからね。屁理屈つけて、何とか自分も生きてけるように、あれこれ考えるだろ」

「ああ」

「で、結局男のやることっていや、遊んでばっかりさ」

「おれはずいぶん働いたがね」

「働いたと思ってるのが見当違いだよ。中年過ぎると、ぼんやり気づいてくるんだ。自分はもう用済みだってね。仕事なんて、ただの暇つぶしなんだって、ね。で、考えてみると、この世で一番面白そうなことは、〝いきいきデー〟に参加することだよ」

「おれは、もう十年このかた、参加したくて、ずっと考えてたんだ」

「だろ？」

「けど、いろいろあるからね。店のローンやなんや。大北京もあんまりはやらないしな。が、昨日だ。はっと気がついた」

「何だね」

「嬶《かあ》ちゃんが、おれより腕のいいコックを雇ってやってきゃいいんだ。そうすりゃ、今より流行《はや》る」

「はは。あんたとこのスープは、なってないからな」

伝さんは、酔ったせいで言いたい放題だ。

「ま、みんなそうなんだよ。ある日、急にね。頭ん中におからが詰まったみたいな気がし始めて。で、その後、どうしても参加したくなるんだ。〝いきいきデー〟にな」

伝さんとおれは、もう一口ずつ白酒を飲むと、腰を上げることにした。

伝さんは、少し足もとがあやういくらい酔っている。

もう自分の店に帰るという。

伝さんの酒屋はこの路地から商店街へ折れて二十メートルほど行ったところだ。

路地を出たところに電気屋の亀井が立っていた。

亀井は背中にでかいバッテリーをしょって、そこから出たコードを、厚い手袋をはめた両手で持っていた。

「ほ？」

路地からいきなり二人の人間が出てきたので、亀井は一瞬たじろいだ風だったが、すぐに伝さんに目標を定めて襲いかかった。

酔っ払っていた伝さんは、火噴きの術の白酒を口の中に仕込む暇もなかった。

亀井が、コードを伝さんの両首筋に当てた。

蒼い火花が散って、伝さんは一声も発せずに路上に倒れた。とんでもない電流が身体を流れたのに違いない。

亀井は、伝さんが倒れ伏すのを見届けもせずに、さっとおれに向かって身構えた。

「大北京の大将か。いっつも塩辛い出前をありがとうよ。わしの血圧が高いのを知ってて、わざと塩気を多くしてるだろう」

おれは中華鍋で身構えながら答えた。

「ああ、そうだ。お前んとこは子沢山の割には、注文が餃子に小海老のてんぷらだの、二、三品じゃないか。米一升炊いて一家で待ってんだろ。塩辛くしとくのはおれのサービスだ」

「へへ。言ってくれたな。てめえこそ何だ、十万くらいのエアコン買っただけで、季節の変わり目ごとに呼びつけやがって。故障呼ばわりしてほしくないな。エアコンのフィルターくらい、てめえで掃除しとけ」

言いながら、亀井はじりじりと間合いを詰めてくる。背中のバッテリーに手を回して、つまみをいじっているようだ。

もう一言、言い返そうとしていたおれは、はっとして一歩後ろに退いた。と同時に左手の中華鍋を思いきり亀井に投げつけた。

中華鍋は、みごとに亀井の眉間《みけん》に当たって、電気屋は、

「かーっ」

と奇声を発してのけぞった。

あぶないところだった。

おれの右手の中華包丁は、木の握りがついているからいい。左手の中華鍋は棒状の把《つか》みまですべて鉄製だ。良導体だ。亀井の変てこなバッテリー端子を当てられたらひとたまりもなかったろう。

おれは路上に転がって呻いている亀井の上にまたがると、その両腕を取った。

プラグの両端をゆっくりと電気屋の左右の耳に差し込んだ。

亀井の全身がぶるぶる震え、かっと開かれた両眼は、半ば飛び出したようになった。

日の出通り商店街は、けっこう長い商店街だ。

今までそう感じたことは一度もなかった。

ゆっくり歩いて十四、五分か。

おれの「大北京」はその入り口あたりにある。アーケードの果てるところ。それが日の出通り商店街の終わりだ。アーケードの向こうはＪＲの駅に近くて、飲み屋街になっている。そのアーケードの果てへいつになれば辿《たど》り着けるのか。

商店街の半ばあたりまで来たとき、片手にヘアスプレー、片手にカミソリを持った理髪師が襲いかかってきた。

こいつは中華鍋の一撃で倒した。

「あら」

と言いながら、パンチパーマの理髪師はくずおれていった。

厄介だったのは鍼灸《しんきゆう》師の横内の爺さんだ。

乾物屋の二階のベランダから機を窺《うかが》っていたらしい。いきなり鍼《はり》を片手に襲いかかってきた。

猿《ましら》のような爺さんだ。

よける暇もなかった。鍼がずっぷりとおれの右肩口に突っ込まれた。

「ふっふっ」

横内の爺さんは、きしむような笑い声をあげた。

「動けまい。大北京の大将」

おれは首を振りながら言った。

「先生、ツボをまちがえとるよ」

言ってからおれは快調な右腕で、爺さんの脳天に中華包丁を叩き込んだ。

西瓜《すいか》割りで優勝したような気分だった。

ただ、鍼灸師の言ったことは、まんざら伊達《だて》ではなかったようだ。

しばらく歩くうちに、鍼を打たれた右肩から、包丁を持っている腕がひどく重たく痺《しび》れてきた。

商店街の中ほどにスーパーがある。

その表の子供用の「象さん椅子」に腰をおろして、おれは煙草に火を点《つ》けた。一休みだ。

じゃらん
じゃらん

と妙な音が商店街の上の方から近づいてきた。

おれは中華鍋と包丁を握りなおすと、スーパーの前庭から通りに躍り出た。

十メートルほど向こうに、愛覚寺の和尚が立っていた。左手に錫杖《しやくじよう》をついている。

和尚はおれの姿をみとめると、濃い眉を寄せてにっこりと笑った。

「おう。大北京の大将か。なんで最近法話の方に顔見せん。わしの話はつまらんか」

おれは突っ立ったまま、和尚を凝視していた。

町内では評判の、さばけた住職だ。

豚キムチ炒めを肴《さかな》に皆と大酒を飲む。

スケベ話も平気でする。

そのくせ一方で死刑廃止運動に奔走していたりする。

六十に近いとは思えない、開けた頭の坊主だ。

「寺にはなかなか行けんですよ。だいたい法話のある時間帯てのは、うちのかき入れどきだからね」

適当に話を交わしながら、和尚の目をじっと見る。

温度のない目だ。

法話の際に見せる磊落《らいらく》な気配も、嘘のように消え失せている。

「和尚さん、〝いきいきデー〟に参加したのかね」

和尚は照れたように笑った。

「もちろん。この日の出通り商店街に私が今いるということは、すなわち〝いきいきデー〟に参加しとることだ」

「そりゃいいが」

おれは鼻で笑った。

「よく道々無事で来られましたね」

和尚の濃い眉がぐっと寄って、鼻の穴がふくらんだ。

「大北京の。何も知らん男だな。『少林寺』のリー・リンチェイの武技を見たことがないのか。織田信長は何で叡山焼き打ちの暴挙に出たか。恐かったからだ。僧には僧なりの武技というものがある。中でも私はこの」

和尚は左手の錫杖を地に打ちつけて、
じゃらん
と鳴らした。

「この〝錫杖術〟というのに凝っておってな。いつか試してみたくてしょうがなかった。なかなか強力な武術だぞ、これは。商店街の向こうっ端からここへ来るまで、もう三人倒したな。大工の横やん。得物《えもの》はノミだけだ。あれはいかんな。ちと可哀そうだった。勝負にもならん。一発だった。次がちょっと訳のわからんサラリーマンでな。

金属製の名刺をひょいひょい投げてくるのだ。んなもな屁でもない。錫杖で一撃だ。単身赴任かなんかで淋しさのあまりトチ狂っとったんじゃろう。三人目が天吉のハマちゃんだ」

「天吉のハマちゃん？」

「後ろから油をひっかけてきおった。いかんせん、その油が、持ち歩いとる間にぬるくなっとったんだな。ハマちゃんも錫杖の一打で脳陥没だ」

「三人も倒したんですか」

「ああ、三人だ」

おれは不思議なジェラシーを覚えた。おれだって、たしかもう三、四人は倒している。

「和尚、普段とずいぶん言うことが違いますね」

おれはやんわりと心理攪乱《かくらん》戦術に出た。

「あんた、いっつも言ってるじゃないですか。仏教とは詰まるところ慈悲を説く哲学だって。そんな、三人も四人も殺生をしていいんですか」

和尚は涼しい顔で答えた。

「だからたまには寺に来て法話を聞きなさいと言っとるんだ。こういう言葉を知らんのかね」

和尚はゆったりとした動作で錫杖を構え、そして言った。

「仏に会わば仏を殺し」

おれも中華鍋と包丁で身構えた。

その足もとを、いきなり固い錫杖が払った。

予想外の攻撃だった。

むこうずねに、いやな音がして、おれは倒れた。

和尚は次に、倒れたおれの右腕を錫杖の先で正確に突いてきた。片手から中華包丁が転がり落ちた。次に和尚はおれの左肘《ひじ》を一突きした。中華鍋ががらりと手から放れた。

和尚が笑った。

「どうかね。辞世の句でも詠むかね」

おれの喉笛《のどぶえ》の急所に、ぴたりと錫杖の先が当てられていた。

おれはかすれた声で言った。

「そんな風流なものはいい。ひとつだけ言い残したことがある」

「ほ。何かね」

「うちの下の娘も通ってるが」

「あ?」

「お前んとこの寺のやってる幼稚園は、〝ぼったくり〟だ」

「バカを言うな！」

一瞬、錫杖に込められていた力が緩んだ。

おれはそのまま半回転して、胸ポケットに隠し持っていた小袋を、和尚の顔に向けて投げつけた。

ぱっ
と灰色の煙が和尚の顔を包んだ。

和尚の激しい咳《せき》込みとくしゃみがその後に続いた。おそらくは、目もほとんど見えなくなっているだろう。

冗談のつもりで持ってきたコショウが、ここにきて役立つとは思わなかった。

あとは中華包丁で和尚の頭を叩き割るだけだ。

立とうとして愕然とした。

立てない。

両のすねが、錫杖の一撃できれいに折られているようだった。

おれは心の中で叫んだ。

「おうい、真田先生。たすけてくれえ」

しまった。外科医はさっき殺したとこだった。

クロウリング・キング・スネイク

私がお風呂を、キュッキュッと磨いていると一枚のウロコが落ちていた。

それがすべての始まりだった。

そのウロコは、人の親指の爪くらいの大きさで、陽に向けてかざしてみると七色の反射光を見せて美しかった。

でも、なぜ浴槽にウロコが……。

私はさっそく姉者《あねじゃ》にご注進に行った。

部屋の戸をノックすると、中から眠そうな声で、

「うーん、NHKなら見てませんよ」

私はかまわずにずかずかとはいっていった。

「まだ寝てたの？　もう世間はお昼どきよ」

「お昼ごはん？　パス。なんだか体がだるくって」

あねじゃは、シーツをかぶったままの全身をゆっくりとこちらに向けて笑った。シーツがはだけてあねじゃの半身がむき出しになった。あねじゃはパンティ一枚で寝ていた。鹿みたいにキュッとしぼられた足首から、そのまま太くもなく細すぎもしないふくらはぎ、腿《もも》へとつながっていく。釣鐘《つりがね》形にきゅんと吊り上がったバストも見える。そしてその上の美しい顔は、まだ半分睡《ねむ》たげだ。

「なあに、何か用?」

私は黙って、例のウロコを差し出した。

「お風呂場に変なものが落ちていたの」

あねじゃはそれをとって眠そうに眺めると、

「ウロコじゃない」

「うん」

「魚のウロコの一枚や二枚、お風呂場にあったからって、そう動揺するもんじゃないわよ。世の中、何が起こっても不思議じゃないのよ。ニューヨークの街を虎が走りまわる可能性だって、無いとは言えないんだから」

「うん、でも」

「どっかから風で飛ばされたのが、たまたまお風呂場の窓からはいったのよ」

そう言ってあねじゃは長々と伸びをした。

「あ、そういや、今月はあたし、トイレ掃除担当だったっけ」

うちの家は父と私たち姉妹の三人家族だ。母親は私たちがごく小さい頃「謎の失踪」を遂《と》げている。この母については私たちはよく話をした。

「何が謎の失踪よ。男つくって逃げたに決まってんじゃないの」

「そうかしら」

「あなたはお母さんの顔覚えてないでしょうけどね、あたしは三つくらいだったから、うっすら覚えてる。美人だったのよ、あたしに似て。人妻であろうが何であろうが、世の中の男が放っておくもんですか。ましてや亭主は石の地蔵さんみたいにカチカチの漢文教師よ」

「重味はあるんだけどねえ」

父は高校で漢文の教師をしている。秩父のほうに何軒か貸家があるようで、生活はまあまあ裕福だ。

私たちはずっと父方のお祖母《ばあ》ちゃんに育てられてきたが、そのお祖母ちゃんも数年前に亡くなった。家の中のことは私とあねじゃで分けて当番制で切り回している。あねじゃは二十歳で名はのぞみ。今年短大を出たところだ。就職もせずにぶらぶらしている。私は高二。名はかなえ。そろそろ受験の影が迫っているのに、この「家事半分」担当はきつい。今月は料理当番という一番ヘビーな役もある。

お魚の煮つけに菠薐草《ほうれんそう》のおひたし、海草とツナのサラダと並べ終わったところへお父さんが帰ってきた。毎日必ず六時十八分に帰ってくる。

お父さんは食卓の上を眺めると、

「ふむ、竜肝鳳髄《りゆうかんほうずい》の趣《おもむき》であるな」

と言った。

「何、それ」

「竜の肝に鳳凰の髄。つまり珍味佳肴《かこう》である、と、父さんは言っとるのだよ」

「あ、そう。ほめてくれてたのね、父さん」

「そうだ。ほめていたのだ」

「いまお吸物つけるから、ちょっと待っててね」

「のぞみは二階かね」

あねじゃは、どうも今日一日中寝ていたらしい。私が大声で叫ぶと、ずいぶんたってから降りてきた。

食卓を囲んで三人の夕食が始まる。

「今度の新一年生にはなかなか優秀な少年がいるよ。返り点なしの白文ですいすいと読みこなしよる。尋ねてみると、こう頰をばポッと染めてな、白状しよった。李白が好きで、中学生の頃から五言絶句なんかをひそかに作っていたらしい」

「おじん臭いガキ」と私。

「何を言うか。ああいう少年の存在する限り、日本の漢文界もまだまだ先行き捨てたもんじゃないぞ」

「ごちそうさま」

と、あねじゃが言った。

見ると、どのお皿もほんの形だけお箸をつけた程度だ。

「えーっ、全然食べてないじゃない。せっかく作ったのに」

「ごめんね。一日中ごろごろしてたからお腹がすいてないのよ。置いといてくれたら、夜中にでも食べるわ」

そう言ってあねじゃは、だるそうにまた二階へ上っていった。

お父さんはそれを見送って、

「ふむ、あれが〝ダイエット〟というものか。初めて見た。何たる愚行だ」

それから三日間、あねじゃは部屋から一歩も出てこなかった。心配して覗《のぞ》こうとしても部屋のドアを少しあけて、

「大丈夫、放っておいて」

と言うだけだった。仕方なくミルクやパンをドアの外に置いておくのだが、手をつけた様子もない。

私とあねじゃの部屋は隣り合わせだから、ときどき注意して隣室の気配をうかがっていた。

ときどき、

〝バリッバリッ〟

という音がするので、あねじゃは好物のポテトチップスだけは食べているようだった。

その〝バリッバリッ〟が段々激しくなった、三日目の夜中。

あねじゃの部屋の戸が開くかすかな音で私は目が覚めた。

「おトイレかしら」

妙に気になって、私はあねじゃの後をそっと追った。

トイレにはいない。

台所に仄《ほの》かに光がある。

冷蔵庫の扉が開いているのだ。

あねじゃはその前にしゃがみ込んで、何かをしていた。私は思わず声をかけた。

「あねじゃ?」

びくんとしてあねじゃが振り向いた。

あねじゃの顔には、額から右頰にかけてウロコがびっしり生えていた。私がお風呂場で見つけたのと同じウロコにまちがいない。そして、あねじゃの両頰がお多福さんのように異常に膨れ上がっている。

〝きゅぽん〟

と音がして、右の腫《は》れがなくなった。

〝くしゃっ〟

と音がして、左の腫れが消滅した。

「あねじゃ、どうしたの」

私は金縛りにあったみたいになって全身が硬直していた。その私をじっと見たあと、にたりと笑って、

「見ぃたなぁ〜」

と言った。

そう言いながらあねじゃは冷蔵庫から生卵を取り出し、ふたついっぺんに口に入れた。さっきと同じ顔になった。

〝きゅぽん〟

〝くしゃっ〟

と、また音がした。

「かなえ。また生卵買っといてね。新鮮なのがいいわ」

「わかった。……でも、あねじゃ、そのウロコは」

「顔なんかまだましなほうなのよ。ほら」

あねじゃは、パジャマの前をはだけてみせた。首から胸元、おなかまでびっしりとウロコが生えていた。

私は思わず絶叫してしまった。

「ちょっと、よしなさいよ。お父さんが起きてくるじゃないの」

お父さんが起きてきた。

「夜中に何の騒ぎかね」

お父さんは寝ぼけまなこで私を見、次にあねじゃを見たところで、はっと硬直した。

「……もう……か」

お父さんは呟いた。

「お父さん、どういうこと。〝もうか〟って」

あねじゃが五つ目の卵を呑みながらお父さんをにらんだ。

「まあ、みんな、こっちへ来て座りなさい」

私たちはお父さんの導くままにテーブルについた。

「今こそ全てを話すときがきたようだな」

お父さんはロング・ピースを一本点《つ》けると、たっぷりとした煙をゆるゆると空中に吐いた。

「君がたは、私が養子だということは重々承知しとろうね」

「うん、秩父のお母さんの家が家作持ちで、女ばっかりで、そこへ養子にきたのよね」

「そうだ。貧乏書生の父さんには願ってもない話だった。母さんの玉恵はまだ二十歳になったばかりで、輝くように美しかった」

「あたしに似てね」

とウロコ顔のあねじゃが言った。

「ところがこの一家には代々伝えられた呪いがあってな。二十歳を超えて半ばになると、一家の女が〝蛇女〟になってしまうというのだ。もともと、この一家が何をもって財を成したかというとだな、四代前が非常な〝マムシ獲《と》り〟の名人だった。おそらく何万匹というマムシを捕えては、東京の漢方会社やゲテモノ屋に回しとったんだな。その因果が応報して、〝蛇女のたたり〟というものが一家にできた」

お父さんは、ついと立つと棚からブランデーとグラスを持ってきた。めったに飲まない人なのに、素面《しらふ》では話しづらいようだった。

「私はその呪いの話を村の雑貨屋の婆《ばあ》さんから聞いたのだが、そりゃあ、最初はせせら笑っておったよ。ところが、お母さんがのぞみを産み、そしてかなえを産んだ二十四の歳だった。ある日を境に母さんは一切食物をとらなくなった。寝込んで四日目のことだ。おい、どうだね、調子は、と部屋まで行ってみると、母さんは縁側に腰かけて、こちらに背を向けていた。答えがないのでもう一度同じ問いをば繰り返すと、母さんは初めてゆっくりと振り向いた。顔のあちこちにウロコができていた。しかも耳まで裂けたような口元から、一本、細長い、蕎麦《そば》のようなミミズのようなものが垂れ下がっておる。〝何だそれは〟と尋ねると母さんはニタッと笑って、〝何だってあなた、ネズミの尻尾《しっぽ》ですわ〟。言うなりそれをチュルチュルッと吸い上げてごくりと呑んでしまった」

　私はその場の場景を想像して背筋がぞくりとした。あねじゃのほうを見ると、あねじゃはちろちろ舌なめずりをしていた。異様に細長くて、先がふたまたに分かれた舌だった。

「それからしばらくしてだ、母さんが失踪したのは。おそらくは秩父山中深くに逃げ込んだものと思われる。〝子達お願い申し上げます〟の書き置きを残してな。山狩りもしてみたのだが発見できなかった。その後、何年かして私たちは東京へ越してきたのだよ」

「ひっどおい」

あねじゃが言った。

「それならそうと、もっと早くから言ってくれたら、ショックも少なくてすんだのに」

「いや、しかし、何事も起こらんという可能性だってあるじゃないか。せっかく青春を謳歌しておる君がたに、余計な影を落としたくなかった。それに母さんが蛇女になったのは二十四のときだ。まだまだ時間があると思っていた。……この頃の女子は発育が早いから」

「ということわあ」

私は蒼くなって言った。

「私も二十歳くらいになったら、あねじゃみたいに蛇女になっちゃうの？」

「ま、それが理の当然であろうな」

ショックを受けて茫然としている私に、あねじゃが言った。

「あなた、今のうちにちゃんとダイエットしといたほうがいいわよ。その幼児腹《ようじばら》のまんま蛇になったら〝つちのこ〟よ、つちのこ」

「結局」

あねじゃがヘチマ水を顔につけながら言った。

「お母さんの一族の女は、蛇女になると秩父の山中に逃げ込んでたってわけね。いいわよねえ、逃げ隠れするところがあって。ここは東京のど真ん中よ。カットひとつ行けないじゃない」

あねじゃの顔は、今やびっしりとウロコにおおわれていた。おまけに口も、耳元までとはいかないまでも、研ナオコに凄みを増したような裂け具合で、その唇の間から、ときどきチロチロッとふたまたに分かれた細く赤い舌が覗く。

「あねじゃ」

私は言った。

「もう顔中ヘビなのに、どうしてヘチマ水つけてるの」

あねじゃは一瞬置いてから、縦細の蛇目を私に向けて言った。

「それはね、女の性《さが》よ。さが」

私は一瞬返答に詰まった。

「昨日なんかね、あなたもお父さんも出かけてるときにあたし、パックしてたのよ」

「パック？」

「うん、そしたら新聞の集金人が来たの。あたし、パックしてるからそのままのんのんずいずいと出ていって応対したわ。別に怪しまれなかったみたい。けけけ」

「でも、年がら年中パックしてるってわけにもいかないしい」

「そうよねえ。あたしも秩父の山中に逃げようか、とか、家に座敷牢つくってもらおうか、とか、いろいろ考えたのよ」

「うん」

「でもダメね。そんな自閉的なことってあたしには向いてないのよ。あたしはもっと開かれた生き方がしたいの」

「蛇女でも？」

「蛇女だからよ」

「ふうん」

「ほら、最近こんなのが生えてきた」

あねじゃが口を大きくあけて見せてくれた。

上のあごに二本、どきっとするような鋭い牙が生えていた。

「ねえ、それって、やっぱり毒の出る牙なのかしら」

「あったりまえじゃないの。マムシの祟《たた》りでこうなったのよ。毒くらい出なくちゃ面白くも何ともないわよ。ほら、三日前に、三軒隣の森下さんちのシェットランド・シープドッグが死んだでしょ」

「ああ、ラッシー？」

「あれ、あたし」

「……え」

「あんまり夜中に吠《ほ》えてうるさいから、ちょっと行って鼻の先かじってやったのよ。いちころだったわ」

「ひっどお〜」

「これで夜中に痴漢に遭《あ》ってもこわくないものね」

「だいたい痴漢も蛇女を襲わないと思うけど」

「あんたねえ」

あねじゃは口先からチュルチュルとふたまたの舌を出して私を睨んだ。

「いいかね、のぞみ」

台所のテーブルでお父さんとあねじゃが話している。私は洗いものをしながら聞いている。

「君のその蛇女は、代々の呪われた血が顕現したものである以上、これはもう逆らいようがない」

「何代か前の人がマムシばっかり獲ってたからこんなになったっていうの？」

「因果応報というか」

「けっ！　因果応報ですって」

あねじゃはそれこそ耳元まで口をあけて、

〝くえっくえっくえっくえっ〟

と笑った。

「そんなもの、糞喰らえだわ」

「下品な言葉を使うのではない」

「じゃ、〝ウンコ召し上がれ〟ですわ。お父さま」

「むむっ」

「そんな前近代的な差別思想の犠牲になんかならないわよ、あたしは」

「いや、親の因果という言い方が悪かったかもしれんが、要は今の君の姿は哲学的に言うならばア・プリオリに、先験的に与件として抱《いだ》いてきたものであるということだ」

「ア・ポステリオリ（後験的）じゃないってわけね。たとえばあたしがドラキュラに噛まれて吸血鬼になった。そういうことじゃなくって、あたしだけが運命的に抱え込んだ問題だってことね」

「ま、そういうことだ」

「で、だから何なの、お父さん」

「その……。お前は見てのとおり、家から一歩も出られんような状態だ。父さん不憫《ふびん》でならないのだよ」

「だから？」

「……秩父山中に、ひとつ尼寺がある。そこの瀬戸内さんと父さん多少の顔なじみだ」

「……あたしに、尼寺へ行けってのね」

あねじゃの蛇目がらんらんと光って、お父さんを睨んだ。

「いや、別にそうしろというわけではない。一つの案としてだ。尼寺なればそう人に会わなくてすむ。おまけに人生修養もできよう」

「シャ〜ッ！」

あねじゃが口を全開にしてお父さんを威嚇した。両の毒牙の間から毒液がぽたぽたと落ちて、舌があごのへんまでちょろちょろと延びていた。

「ひっ、落ち着きなさい、のぞみ」

お父さんが椅子ごとガタガタ後退《あとずさ》りながら言った。

「噛みゃあしないわよ、実の親を」

あねじゃは口を閉じて笑った。

「あたしはね、因果応報だとか業《ごう》だとかいって、そういう自分に責任のないもので悩むことがまずいやなの。悩んで悩んで内向的になって自閉して生きていくのがいやなの。障害者の人たちだって、車椅子で前へ前へと進もうとするじゃないの。あたしはね、そういうつらくても開かれた生き方がしたいのよ。自己否認ではなくて、もっと開かれた生き方よ。わかる？」

「うむ……。わかるような気もする。それはつまりあれだな、杜甫《とほ》の歌っておるところの、

腹を坦《たい》らにすれば江亭《こうてい》の暖《あたた》かに
長く吟《ぎん》じて野を望《なが》む時
水は流るれども心は競わず
雲は在《とど》まりて意は倶《とも》に遅《のど》かなり

と、そういう心境を目指しておるのだね」

あねじゃは、ぽかんとしてお父さんを見たあと、

「よくわかんない」

と言った。

それからのあねじゃは、自分が何をするべきか、悶々《もんもん》と迷っているようだった。

ひたすら部屋の中でヒンズースクワットとプッシュ・アップをくりかえしている。

おかげでずいぶんかっこいい体つきになった。

またあるときは庭に突っ立っているので、

「どうしたの」

と訊くと、

「三すくみよ。三すくみのけいこ」

よく見ると庭の置き石に、あねじゃを頂点としてアマガエルとナメクジが三角形を成して置かれていた。

「ふんっ、やっぱり迷信ね。蛇がナメクジに弱いってのは。でも、蛙にはあたしの眼力、効くみたい」

そう言うとあねじゃは、置き石の上で硬直しているアマガエルをひょいとつまみ、無造作に口の中に入れた。

「あっ」

と私が小声をもらすと、あねじゃは私のほうを見て笑った。

「絶品よ、絶品」

まだ口のはしに残ってじたばたしていたカエルの足が、ちゅるるんと吸い込まれた。

「おいしいの？」と私。

「おいしいわよ。喉《のど》越しがいいのよ。でもねえ」

あねじゃはぽりぽりと喉のウロコを掻《か》いた。

「いつまでもこんなことしてちゃねえ。尼寺で庭掃除してるのと変わんないもの。あたしはね、もっと社会に向かって開かれた存在でありたいのよ」

蛙をごっくんと呑み込んだあねじゃの姿は少し淋しそうだった。それでも、きっとした目を私に向けて、

「あたしの人生、こんなもんで終わりはしないわよ。それにあなたのこともあるし」

「私のこと」

「能天気ねえ。あと二、三年もすれば、あなたもあたしと同じことになるのよ」

私は、はっと胸をうたれた。

「あなたのためにも、あたしは負け犬になんかなれないのよ。ふん、何が尼寺よ」

あねじゃは、私の将来まで考えて、何とか前向きに生きようとしているのだった。

「ああ、かゆい。ちょっと、かなえ、掻いてくれない?」

「ウロコを?」

「いや?」

「ううん、全然」

「ここ一週間くらい、無性にかゆいのよ、全身が」

私は陽の光の中で、半裸になったあねじゃの身体を掻いてあげた。そうすると、気

持ちがいいのか、あねじゃの口から赤い舌がチュルチュルッと出入りした。

「あたしね、いっときは風俗で働こうかとも考えたんだ」

「フーゾク?」

「だって、見てこの舌技」

あねじゃは細い舌を出して縦横無尽に動かしてみせた。

「世の殿方はたまらないわよ、このヘビー・フェラチオにかかっちゃ」

私はカッと耳まで赤くなった。

「でもね、そんな考えはすぐに捨てたの。あたしにはあたしなりのもっと確固とした生き方があるはずよ」

パチパチパチ、と私は拍手した。

「でもねえ、とにかくその道が見つからなくって。ああウロコがかゆい。もうちょっと腰骨のほうまで掻いてくれる?」

それからしばらく、あねじゃの姿を見なかった。冷蔵庫の生卵の数は確実に減っているから、おそらく元気は元気なのだろう。部屋の中でうねうねと身悶《みもだ》えて、自分の来《こ》し方《かた》行く末を考えているのかもしれない。

そんなことが四、五日も続いた月初めのある日、私はたまりかねてあねじゃのドアを叩いた。

「あねじゃっ、あねじゃっ」

返事はない。

私は思い切ってドアをあけた。

あねじゃのベッドの毛布は、あねじゃの体の形どおりにセクシーに盛り上がっている。

「もう、いつまで寝てるのよ。今日からあねじゃは洗濯当番と炊事当番よ。いっくら蛇女だからって、ノルマからは逃げられないんだからねっ」

私は、盛り上がった毛布のヒップのあたりを思いきり叩いてみた。

それは、ぺしゃりと崩れた。

「?」

私は、おそるおそる毛布を全部めくってみた。

そこには、あねじゃそっくりの形をしたウロコの脱けがらがあった。

私はしばらくそれを仔細に眺めたあと呟いた。

「お姉さまは、〝脱皮〟したのだわ」

ショックが大きくて、いつもの軽々しい〝あねじゃ〟という呼び方ができなかった。

階下に降りてみると、バスルームから涼し気なシャワーの音が聞こえていた。

とんとん、と軽くバスルームの戸を叩く。

「あねじゃ？」

「ああ、かなえ。ごめんね、この二、三日心配かけて。お姉さんね、脱皮したのよ」

「うん、知ってる。脱けがら見たもの」

「で、体中ぬるぬるするからね、久しぶりにシャワー浴びてんのよ」

「あの……脱皮するとどうなるの」

私の頭の中には、ひと回り大きくなって笑っているあねじゃの姿があった。

「見たけりゃ見なさいよ、ほら」

内側からあねじゃがお風呂場の戸をあけた。

あねじゃは私のほうに体を向けてシャワーを浴びていた。

全身が桜色のウロコにおおわれていた。そのウロコが水滴の反射や窓の光のかげんによって、深い青になったりピンクになったりする。それはまるであねじゃが内側から発している光のようだった。

「きれい……」

私はうっとりして呟いた。

「ほんとに？」

「うん、ほんとに、とってもきれい」

あねじゃは桃色の体をシャワーに打たせながら言った。

「ま、ちょっと渋皮のむけたいい女ってとこね。これからの生き方も決まったわ」

「え？」

「あたしはヘビなんだから、ヘビ・メタの女王様になるのよ」

次の日、私はあねじゃからとりあえず十万円持たされて楽器店へ行った。

楽器店の中には金髪をおっ立てた子とか、モヒカンの子とかいっぱいいて、誰が店員なのかよくわからなかった。

中で一番まともそうな、Yシャツにネクタイの人がいたのでおそるおそる声をかける。

「あのお」

「はい？」

「エレキ買いたいんですけどお」

「あ、それならね、あのモヒカンの青年に言ってね。私は、大正琴買いに来た、ただの客だから」

そのうちに店内のモヒカンだの金髪兄ちゃんだのがわらわらと私のまわりに寄ってきた。

「彼女、ギター初めて?」

金髪兄ちゃんが言った。

「はい」

「で、どんな楽器やりたいわけ?」

「その……、ヘビ・メタなんですけど」

店内に笑い声があふれた。

「はい、ヘビ・メタねえ。じゃ、まずギターはこれ、サンダー・バード・モデルだね」

三角形のボディの先がふたまたに分かれた、鋭いギターが指し示された。

「あねじゃのふたまたの舌にぴったりだわ」

私はそれ(四万八千円)を買うことに決めた。

「で?　エフェクターなんかは要らないの」

金髪兄ちゃんが訊いた。

「エフェクターって何ですか?」

モヒカンの兄ちゃんが寄ってきて、にたりと笑い、

「エレクトじゃないよ」

「……エレクトって何ですか」

私はここ一番、ぶりっ子を決め込むことにした。なあに、こんないやらしいモヒカン、あと二、三年もして私がめでたく蛇女になったら、まっ先に喉首かっ切ってやる。

「エフェクターっていうのはぁ、僕ら〝アクセサリー〟とも呼んでるけどぉ。要するにギターの音質を変える装置のことさ。あのヘビ・メタのギュイーンって音を出すには、〝ディストーション〟がまずいるよ。それから〝フランジャー〟〝ディレイ〟なんかも揃えといたほうがいいな」

ずらりと並んでいるエフェクターのコーナーから、私は金髪兄ちゃんの勧めどおりに、三種類のエフェクターを買った。しめて七万八千円だった。

店を出ようとする私に、金髪兄ちゃんが不安そうに尋ねた。

「ところで、君、アンプは持ってんだろうね」

私は、止めかけたタクシーの前で振り返ると、にっこり笑って、

「アンプって何？」

と尋ねた。

次の日からあねじゃの猛特訓が始まった。

朝から晩までギターを弾いているらしい。

もっとも、買った練習用アンプには、ヘッドフォン用のインプットがあるので、そ

うたいした音は聞こえない。でも、一日中、カシャカシャと弦を弾く音がし、ときどきはそれに乗せてヴォーカルも聞こえてくる。それは私のとんと知らない、キング・クリムゾンとかブラック・サバスあたりのナンバーらしかった。

二カ月後、音楽雑誌にあねじゃの投稿がのった。

「求む、ドラムス、ベース、ギター、当方二十歳の女性ヴォーカル」

これにはさすがに一通の返事もこなかった。

まあ、当たり前のことで、音楽誌にはよくこういう間抜けな投稿がのっている。ドラムにベースにギターが揃ったのはいいが、ヴォーカルのお前が音痴だったらどうするんじゃあっ！　こう言いたい。おまけに色白でぽちゃっとしてて、泉麻人がメイクしたような奴がヴォーカルで誰が聞きにくるのか、と私は言いたい。

それから数カ月たった。

あねじゃはバンドをあきらめたのかそうでないのか、ずっと部屋でギターのけいこをしている。

夕飯のときになると、あねじゃは蛇目を輝かせて、

「今日はね、トレモロアームとワウワウの掛け合わせ方が少しわかったわ。ラッキ

「――」

「でも、バンドは？」

「そうねえ。メンバーに心当たりがなくって」

「何？　バンド？」

　とお父さん。

「最近の金髪や剃毛したような輩《やから》に与《くみ》するのは父さん許さんぞ。だいたい、身体髪膚《しんたいはっぷ》これ父母よりさずかると言って」

「シャ～ッ」

あねじゃが口をカッとあけるとお父さんは黙ってしまった。

　変な話だけれど、あねじゃのバンドのメンバーは私が探し当てることになった。あねじゃのエフェクターの〝フランジャー〟というのが壊れたので、いつもの楽器店へ持っていったのだ。例の金髪兄ちゃんとモヒカン兄ちゃんがヒマそうに煙草を吸っていた。

「よお、彼女、久しぶり。ちょっとはうまくなった？」

金髪兄ちゃんが軽く声をかけてきた。

「あの、あたしじゃないんです、ヘビ・メタやりたいの。うちのお姉さんなの」

「へえ」

モヒカンと金髪が身を乗り出してきた。

「ベースとドラムが欲しいの。彼女、ギターはすっごくうまくなったから」

「で、可愛いの、お姉さん」

「昔はずいぶん可愛くて、今もそれなりには可愛いけど……」

私は定期入れから、秘蔵のあねじゃの写真を取り出して二人に見せた。一枚は蛇女になる前のあねじゃ。二枚目は蛇女になってからのそれだ。

「すっげえ。これ、おんなじヒト？」

モヒカンがうめいた。

「どんなメイクしてんだろう」と金髪。

「メイクじゃないのよ、メイクじゃ」

私は必死に抗議した。

「どっちでもいいや。いっぺんここのスタジオでセッションしよう。このモヒカン君は凄いパワーのドラマーだ。ただ、あっちこっちのスネアドラムの皮を叩き破るんで、目下休職中だ」

「お兄さんは何を弾《ひ》くの？」

金髪兄ちゃんは、鼻の横を掻きながら言った。

「ベースだ。……ビル・ワイマンよりはうまいと思うよ」

あねじゃたちのバンドは、金髪、モヒカンの三人組で、数カ月後にデビューした。デビューといっても百人で一杯の小さな小屋だったけれど（それが後には東京ドームを満杯にすることになったのだが）。

そこにあねじゃは、まっ裸で出た。

「ふふ。みんなメイクだと思ってるから、陰毛さえ剃《そ》っちゃえば気づかないわよ。ボディスーツみたいなもんくらいに思うんじゃない」

ベースとドラムがゆっくりとしたブルースを奏で始めると、しばらくたってから、あねじゃがスポットライトの中に現われる。

「シャ〜ッ」

いきなりあねじゃは客に向かって牙をむいてみせた。「わおっ」と反応があった。

そしてゆっくりと、アンプに向かってシールドをつなぎに行く。ウロコ一枚に包まれただけのプリプリしたお尻が客のガキンチョどもに息を呑ませる。

アンプから戻ってきたあねじゃは、ギターのボリュームを一杯にすると、〝ギャーン〟と最初の一発を掻き鳴らした。

私はこの曲、知っている。家で何度も隣室から聞こえていたから。古いブルースで、死ぬ前のジム・モリスンなんかもアルバムに入れている。あねじゃは、それに勝手な日本語の歌詞をつけたようだ。しゃがれ声のヴォーカルが聞えてきた。

♬ あたし這《は》ってるヘビ〜
闇の王様
あたし這ってるヘビ〜
闇の王様
あんたの首を
絞め上げる

もう、とっても三人でやっているとは思えないようなヘビーな演奏だった。ツゥ・コーラス目が終わって、あねじゃがギターのアドリブを弾くところになった。ところが、汗ですべってしまったのだろうか、ピックがあねじゃの手もとからピョンと飛んで、バックステージの暗闇の中に行ってしまった。
私はハッとしてあねじゃを見つめた。ほんとのプロならピックの数枚は用意してるだろうし、中にはこういうときのために爪をのばしている人もいる。でも、あねじゃはこれが初ステージなのだ。

はらはらしている前列の私に、あねじゃは軽くウィンクすると言った。

「OK、エブリバディ。蛇女の凄いとこ、見せたげるわよ」

そう言うと、あねじゃはいきなり自分のおっぱいのへんからおっきなウロコをベリッとはがした。

そのウロコをピックにして、あねじゃはギターを弾いた。一枚のウロコが壊れたら、次のウロコを引き抜いて、延々とブルースを弾き続けた。

このあたりで、小さな小屋の全員が総立ちになった。二曲目の「あたいはヘビー」が始まる頃には、ほぼ酸欠ギグみたいになってた。

後ろのほうで、

「おい、君がた、座らんか。見えんじゃないか」

という声がする。お父さんだ。こっそりお忍びで娘を見に来たに違いない。

その後のあねじゃの活躍は言うまでもない。

インディーズで人気が沸騰《ふっとう》した「蛇姫さま&マングース」は、半年もしないうちにメジャーのレコード会社から契約の依頼が殺到した。そうしてできたCDはそこそこ売れて、それより何よりTV局があねじゃのキャラクターを放っておかなかった。

今では全国津々浦々で、あねじゃの顔がTVで見られる。「蛇女の人生相談」みたいな腐った番組まで、あねじゃは受けている。

蛇顔で道を歩いていて、サインを求められたりしても、にこやかに応じている。

「あの、握手してもらえませんか」

「いいですよ」

「ふえっ、冷たいてのひら」

「そりゃ、まあ、蛇で冷血動物ですからねぇ」

二、三年たって私の体に異変が訪れたときにどうするか。今から考えておく必要がありそうだ。
ひょっとすると二、三年後には〝ヘビメタ・シスターズ〟なるデュオが日本のチャートを席捲《せっけん》したりして。

でも、蛇女になるのは仕方がないとして、私にはひとつふたつ悩みがある。

私は、生卵が大っ嫌いなうえに、稀代《きたい》の〝音痴〟なのだ。

ま、そのへんは、自分で考えよう。あねじゃが自分の道を切り開いたように、私も、蛇女になっても、めげずに全ての窓を開いていこう。

ココナッツ・クラッシュ・

椰子の実を頭にのせたままの姿でサブゥは冥想にひたっていた。目前に展《ひら》けた雄大な海を、見るでもなく、見ぬでもなく、この名僧は半眼の中に世界の無限をさぐっているようにもみえた。

サブゥの周りを四、五十人ほどの人が取り囲んでいる。これはサブゥの名声を聞きつけて、一目見んものと集まってきた田舎の人々だった。

サブゥの名が人々の口にのぼり出したのはかれこれ十年ほど前になる。椰子の実を頭にのせたまま何十年も修行している僧がいる、と。ヒンズー教ではいろいろな荒行をするが、椰子の実を頭にのせ続けたまま日常の行をするというのは誰も聞いたことがなかった。しかも何十年も。

人々はサブゥを拝み、サブゥの胡座《あぐら》の前に置かれた木の鉢に何がしかの銭を投げ入れた。

サブゥがこの行を思いたったのは、今からちょうど四十年前、つまりサブゥが十二歳のときだった。きっかけはほんのささいなことで、ある日、サブゥは近所の腕白連中とともに遊んでいた。椰子の実を頭にのせたままで、誰が一番長くのせていられるか、という賭けである。勝った者は五ルビン得られることになっていた。

椰子の実はフットボール状の形をしていて頭にのせるには非常に安定が悪い。ともすればぐらついて落ちようとする椰子の実を、サブゥは何とか頑張って落とすまいとした。が、残りふたりまでになったところでサブゥは椰子を落としてしまい、五ルビンは最後に残った悪ガキの手にするところとなった。

その日以来である、サブゥが椰子の実を頭にのせる練習を始めたのは。最初の数カ月はころころとよく落ちた。しかし、半年を過ぎる頃から、めったに落とさなくなった。コツは体勢によって移動する体の「芯」と椰子の実の重点の「芯」とを合わせることにあった。

家の事情で寺に預けられたとき、サブゥの頭には椰子の実が一個のっていた。寺の長であるその老僧はこの奇態な少年を見て非常に驚いたが、こどもの話を聞いて膝を打った。

「よろしい。お前はその椰子の実を頭にのせ続けることを一生の行とするがいい。食事をとるときも用便のときも椰子を頭にのせてするのだ。眠るときには胡座を組んで眠るがいい。病いのときも、そして死がお前をむかえにくるときも、椰子の実を頭にのせているとよい」

椰子の実をのせたまま、サブゥは読み書きを習い、教典をひもとき、やがて立派な青年僧になった。

そして、導かれるようにこの浜辺にやってきて、胡座を組み、行に入った。十年、二十年が過ぎ、三十年が過ぎた頃、サブゥは五十二歳になっていた。ちょうど四十年、椰子の実をのせ続けていたことになる。椰子の実は、今ではサブゥの体の一部になりきっていた。逆立ちをしても落ちないのではないか、と思われるほど、この椰子の実は安定していた。

日没ちかくなって、水平線の近くが薔薇色に染まる頃、一台の駕籠《かご》がサブゥのいる一点を目指して進んできた。屈強な身体つきの駕籠かきが四人。槍と円剣で身をかためた護衛の武士が四人。絹のベールから目だけをのぞかせた供《とも》の女が三人。一行はサブゥの近く、四、五スマイラのところまでくると、駕籠を地に降ろした。

サブゥの周りを囲んでいた人々は驚いて、「ハ」の字形になって、サブゥと駕籠の間を開いた。

供の女が駕籠の御簾を上にまきあげた。

その床のところから、白い小さな絹のくつがはたりとふたつ地に落ちて、やがてひとつの人影が現われた。背は小柄でその小さな身体を絹繻子《きぬじゆす》の衣がおおっていた。さまざまな色あいの絹々は、雪崩《なだれ》のように光をあたりに放射していた。そして、きらびやかなその衣の上にある顔。その顔は、七色の衣も恥じらって身をひそめるほどに雅やかなものだった。

新月の過ぎた次の夜の月のように、細くはかなげな眉。それとは対照的にはらりと大きく見開かれた目。深く静けさをたたえた瞳。小さな彫りもののような、形のいい鼻。小ぶりで、それでいてマンゴスチンのように豊かな印象の唇。顔全体の印象は、愛くるしく、かつはかなげであった。

「あの女人は、ザカだ」

群衆のひとりがつぶやいた。

「前にサリラヤで見たことがある」

ざわめきが人々の間を往き来した。

ザカは、この国一の娼妓である。娼婦にもヒエラルキーがあって、最底辺は、どこの村にもひとりかふたりいる売春婦。これは半農半娼で、ナン一枚と引き換えに春をひさいだりしている。

それと反対に高級娼婦はまず「客を選ぶ」ことから始める。王族、将軍、大富豪。こういった最上級の人間しか相手にしない。直接金などをうけとることはまれで、貢物は家屋であったり宝石であったり、農奴つきの田畑であったりする。ザカはその高級娼婦の中でも、この国一と呼び名の高い女性であった。詩を作り、揚琴《ようきん》をかなで、美しく舞い、細く鋭く歌を唄う、教養の高い人でもあった。

そのザカがこの名僧のもとにやってきたのだ。人々は固唾《かたず》を呑んで成り行きを見守った。

ザカは、供の者を駕籠のあたりに留め置くと、ゆっくりとサブゥの方へ近づいてきた。

サブゥは冥想から我にかえると、目を開いてこの女人を不思議そうに見守った。

ザカは微笑んで、その豊かな唇を開いた。

「ザカと申します。本来ならお目もじできるような身の者ではないのですが、ご名声をお聞きしまして、一目お会いしたいと、たまらなくなって参上いたしました」

サブゥは深く静かな声で応えた。

「私は誰にでも会います。王侯貴族の方が訪ねてこられるときもありますし、漁夫農夫の方と話もします。犬、猫、ヒヒと遊ぶことだってあります」

「なら、私のようなものとでもお話しくださるのですね」

ザカはにっこりと笑うとサブゥに近づき、胡座を組んだその膝に腰を落とした。

人々の間にどよめきが起こった。

「こんなことをしてもお許しになります？」

サブゥは顔色ひとつ変えずに言った。

「はい。許すどころか、我が身の栄誉だと存じます」

「サブゥ様はいつから頭の上に椰子の実をおのせになっているのですか」

「かれこれ四十年になります」

「その間、落としてしまったことは一度もないのですか」

「はい、一度もありません」

「落としかけたことは」

「それは何度かありますが、なんとか落とさずにすみました」

「何かコツがあるのですか」

「はい。常に平常心を保つことです」

「平常心」

「はい、喜んで」

ザカは艶っぽく笑うと、サブゥの両肩に腕をまわして言った。

「私は、私の前で平常心を保った殿方というのを、見たことがありません。どんな名僧の方にしてもそうです」

「それはその僧の修練が足りなかったのでしょう」

「そうでしょうか。なら私のいたずらに、サブゥ様は耐えられるかしら」

「どんないたずらですか」

ザカはゆっくりとサブゥの唇に自分の唇を重ね合わせた。サブゥは、ザカの全身から南国の花の匂いが香り立っているのに初めて気づいた。それらの香りが縒《よ》り合わさってサブゥの鼻孔に入り込み、一方で唇はザカのふくよかな唇でふさがれていた。唇はやがて少し開かれ、甘くとろけるような舌がサブゥの口の中に入ってきた。頭の芯を爆発させられるような刺激であった。

それが一瞬だったのか、長い時間だったのか、サブゥには見当がつかない。

やがてザカはサブゥからゆっくりと唇を離した。大きな瞳でサブゥの目を見つめて、ザカは言った。

「ご無礼をいたしました。ほんもののお坊さまに、私は初めて会うことができました。私の迷いは絶たれました。私は今日をしおにして尼僧になることにいたします」

周囲の人々から拍手の響きが起こった。ザカはサブゥの膝からおりると平伏して三度、礼をした。サブゥは立ち上がって、合掌してそれに応えた。

ところで、そのとき一匹の果実蝙蝠《フルーツバット》がサブゥの頭の上を横ぎった。夕暮れどきであったので、蝙蝠はエサを求めて活動を開始したところだったのである。ために、いささか寝ぼけていたのかもしれない。蝙蝠はいきなりサブゥの頭の上の椰子の実に、こんと全身でぶつかった。椰子の実は一、二度ゆらいだかと思うと、サブゥの頭の上から、

〝からる〟

と音を立てて落ちた。

サブゥとザカと群衆は信じられないような面持ちで、地上に揺れて回っている椰子の実を見つめた。

椰子の実の揺動はやがて収まった。

それと同時に陽が落ちた。

琴中怪音

張松林は琵琶《ビバ》を磨いていた。

この琵琶は張家の家宝で、ふだんは人目にさらさず、張の寝台の下に安置してある。

張自身は上海で、五本の指に入る琵琶の弾き手と目される演奏者だ。さまざまな公司の宴席に招かれることも多い。そのときにはごく普通の琵琶を持っていく。家宝の琵琶とは音色が雲泥の差なのだが、それでも宴席の一同はうっとりと聞きほれて盛大な拍手を送ってくれる。張は胡弓《こきゅう》も月琴《げっきん》も箏《しょう》も、何のたすけもなく琵琶一本で小一時間、人々を陶然とさせるだけの腕を持っていた。

家宝の琵琶は張家代々に受け継がれてきたものだが、どうやら唐の時代に皇帝から下賜《かし》されたものらしい。ただしこれに関しては代々の口伝なので、何の物的証拠もない。それが張のしゃくのたねだった。何か一片の書きつけでも残っていれば、秘蔵の銘器の箔がちがってくるものを。

張は上海の外灘《ワイタン》海品公司に勤務してもう三十年になる。月収は七百元※ほどだ。少ない方ではないが、決して多くはない。妻の秀如とふたりでつましい暮らしだ。娘がひとりいたが何年か前に嫁いでいった。

南京西路にある家で妻の秀如とともに年を取っていく。貯えはなし、宝といえばこの琵琶だけになった。

金は欲しい。嫁いだ娘に孫でもできれば祝いはもちろんのこと、まとまった金を渡してやりたかった。しかし稼ぐってがない。せいぜい宴席に呼ばれて祝儀として何十元かを手にするくらいのことだ。

「生徒を取って琵琶を教えようか」

と最近では考えている。三、四人の生徒を持てば月に百元くらいにはなるだろう。ただその生徒がくるものかどうか。上海でも洋楽が圧倒的人気で、最近は重金属音楽《ヘビーメタル》などというけたたましいものが流行っている。若者の目は胡弓や琵琶などの古典的楽器には向かなくなった。

張は古い鹿の皮で家宝の琵琶をゆっくりと磨き上げていく。

琵琶は茄子を縦割りにしたような形をしている。背面は黒紫色でゆるやかな美しいカーブを描いている。張の楽器の背面と頭部は紫檀でできていた。おまけに表面に三十柱ある指板《フレット》は象牙製である。最近のものはみんな竹を使っている。その象牙の指板のひとつひとつに見事な模様が彫り込まれていた。表面の板は白木だが、長年の間に古色を帯びて、いまや飴色に光り輝いていた。この表板にも桃の葉と実の非常に細かい彫刻がなされていた。その彫刻の間にたまったわずかな埃を、張は丹念に拭き清めていく。あまり熱心に磨いていたせいで、妻が入ってきたのにもしばらく気づかなかった。

秀如は茶を運んできたのだった。熱い茶を啜りながら張は妻に言った。

「今夜はうちに大事なお客がある。粗相のないようにたのむよ」

「今から自由市場に行ってきますけれど、何をみつくろってきましょう」

「そうだね。田鰻《たうなぎ》に烏骨鶏《ウコッケイ》と張り込もうか。それにスッポンも買ってきてくれ」

秀如が大きく目を見開いた。

「スッポンを買うのですか」

「ああ」

スッポンは庶民にとっては高価なもので、市場で買えば一尾百元はするだろう。張の家にとってはかなりの出費である。

「よっぽど大事なお客さんなのね」

「党の役員をしている人だ。名は王長銀といわっしゃる。名前くらい聞いたことがあるだろう」

「そんなえらい人がどうしてうちなんかに」

「朱金栄の口ききだ」

「なにもこんなぼろ家《や》に直接おいでにならなくてもよさそうなものなのに。酒店でも使えばいいじゃありませんか」

「先生が是非にとおっしゃるんだ。その王大人《たいじん》もめっぽう琵琶にうるさい人らしい。ゆっくり琵琶談義でもなさりたいんだろう。酒店なんかでは一曲弾こうにも周りがうるさくて駄目だ」

「そうねえ」

「党の役員と知り合いになれるなど願ってもないことだよ」

「いろいろと融通をきかせてくれるんですってね、党の人は」

張は笑みを浮かべてまた楽器の手入れを始めた。


夕方になった。王大人を案内する朱金栄がタクシーを張家に横づけにした。朱は張の甥である。王大人は福相の人で、上等なスーツに小肥りの身体を包み、にこにこして玄関口に立った。

お互いの丁寧なあいさつがすむと、張は王大人と朱を食卓へ案内した。

秀如がおずおずと冬瓜《とうがん》のスープを運んできた。

「かまどはひとつで調理人はこんなお婆さんです。料理屋のようにてきぱきとはいきませんので、どうかゆっくりとお召し上がりになってください」

王大人の顔がほころんだ。

「奥さま、それは願ってもないことです。今夜はこの張師と、ゆっくりお話がしたかったので」

張は取っておきの汾酒《フエンチユー》の栓を抜いた。山東省の名産で七十度近くある強い酒だ。小さな盃にそれを受けて、三人は乾杯をした。その盃を置くと、王大人が笑顔で切り出した。

「去年のことですが、ある宴席であなたの琵琶を聞かせていただきました。名人淀みなしといいますが、深山の谷川でせせらぎの音を聞くような、見事な演奏だった。実は私も子供の頃から琵琶をいじっていたもので、たいへんな感銘を受けました。それ以来、ぜひ一度こうしてお話がしたかったのです」

「それは恐れ入ります」

盃のやりとりが進むにつれ、王大人と張の間で琵琶談義が盛り上がっていった。張はとうとう自分の練習用の一台を取り出し解説を始めた。

「手数を多く弾くよりも、大事なのは〝うねり〟です。それはこの引き手《チヨーキング》の良し悪しにかかってきます」

「そのとおりだ、張師。ぱらぱらと音数をたてて弾けばよいというものではない」

「たとえばこうです」

張は引き手を使って数小節を弾じてみせた。

王大人は目を見張ってその手際を見、やがて目を細めて手を拍った。

「鳥が高く低く鳴いているようだ。張師、その義甲《ピック》はどんなものをお使いですか」

「私の義甲は玳瑁《たいまい》という、海亀の甲羅で作ったものです。ワシントン条約がうるさくて、もう手には入らんでしょう」

海亀の話をしているところへ秀如がスッポンの蒸しものを運んできた。王大人は驚いて、

「やあ、これは立派な甲魚だ。ずいぶんなご馳走にあずかってしまって」

甥の朱が大きなスプーンでスッポンを切りわけ、各自の皿に給仕した。献酬がまた一段と盛んになった。

食事が終わるとてらてらと赤ら顔になった王大人が張に向かって切り出した。

「張師よ。ひとつここで一曲弾じてもらうわけにはいきませんでしょうか」

「喜んで」

張は顔をほころばせて琵琶を手にとった。

王大人は申し訳なさそうに言った。

「それが……。できればその琵琶ではなく」

「はい」

「お宅に代々伝わるという家宝の銘器があると聞きます。その琵琶の音を聞かせていただくわけにはいかんでしょうか」

張はちらりと朱に目をやった。甥は目を伏せた。このおしゃべりめ。

「いいですとも。いまここへ持ってきましょう」

張は寝台の下から銘器を取り出してきた。

その楽器を見たとたんに王大人の口から〝おお〟という嘆声がこぼれた。

張はべっ甲製の爪を軽く握ると、古典の中から比較的短いものを選んで弾き始めた。たしかに谷川のせせらぎを聞くような清澄な演奏で、王大人は自分にははらはらと無数の水玉が降りかかってくるような錯覚を覚えた。しかも低音の部分はもの寂びて重厚だった。

〝以前に宴席で聞いたときと音色がまったく違う〟

王大人はうっとりと聞き惚れていた。演奏が終わったときには王大人は半眼になって我を忘れており、しばらく言葉もなかった。張はその腕に自慢の琵琶《ビバ》を抱かせてやった。

「お目よごしですが、どうぞご覧になってください」

王大人は頭部や表板の彫りものを眺めて低く唸った。

「こんな素晴らしい琵琶を手にするのは初めてです。表の造りもたいしたものだが、何といっても音色だ。音色に神韻縹渺《しんいんひょうびょう》たる深さと広がりがある。さぞいわれのあるものなんでしょうな」

「唐帝からの下賜物だと聞いています。代々の口伝ですが」

王大人は赤児を抱くようにして恐る恐る琵琶を張に返した。そして盃に残っていた汾酒を一息であおると言った。

「家宝とはまさにこのことだ。万金を積まれても手放すおつもりはないでしょうな」

「売る？　これをですか。そんなことは今まで考えたこともありませんでした」

「そうでしょう、そうでしょう。しかし万が一にですよ、そういうお気持ちになられたら、ぜひこの私に一番に声をかけてください。もしこれが唐帝の御物だという確かな証拠といっしょなら、私は二十万元お出ししてもよい」

「二十万元……ですか」

自分の収入の二十年分以上になる金額だ。

張は平気な顔をして琵琶の調弦をしていたが、内心ではゆらゆらとうごめくものがあった。そのせいか手元がくるって一の絃がばつんと大音をたてて切れた。

瞬間、琵琶の胴の中で〝ことり〟と妙な音がした。

その日以来、張はこの怪音に悩まされることになった。弾いている最中には銘器は寸とも雑音をたてない。膝からおろしてケースに仕舞おうという頃を見計らって、胴の内部で〃かたり、ごろり〃と音がする。

最初、張は王大人を疑った。あの人が楽器の中に何かを入れたのではないか。しかし考えてみるとそれは不可能なことだった。琵琶は密閉された構造になっており、表板にも音孔のようなものは一切ない。また、王大人にはそんなことをする理由はどこにもないのだった。

胴の中の木片が一部壊れて落ちたのではないか。それも考えた。しかしそれも有り得ない。張は楽器製造公司を何度も訪れて見学している。見た限りでは、琵琶の胴内に外れて落ちるような、そんな木材は使われていない。

第三番目に張が考えたのは、その異物が唐代の竹簡か何かではないかということだった。仏像の胎内に巻物が納められているなどはよく聞く話だ。帝に進上する宝器の胴内に、小さな竹簡が入れてあっても不思議ではない。もちろんそれは固定してあって演奏に差し障りのないように工夫されていたはずだ。千年もたってその縛《いまし》めがゆるんだのではないか。

張はその考えに取り憑かれた。それさえたしかめればもうこれは正真正銘の宝器、唐帝下賜の琵琶ということになる。二十万元でも安いくらいだ。もちろん断じて売る気はない。売る気はないが、二十万元というのはとてつもない金額である。娘夫婦にまとまったことをしてやれる。

休日のある日、張は我慢しきれなくなって、楽器製造公司の腕ききの職人を内々に呼びよせた。

職人は道具袋を手に朝早く張家を訪れた。五十がらみで茶渋色の顔をした男だった。

「この琵琶の中に何かが入っているんだ。ひとつ表板をうまく外してそれを取り出してくれんだろうか。もちろんその後で表板はきれいにはめ直してほしいんだが」

職人は張の琵琶を見て目を丸くした。

「これは見事なもんですねえ」

「そうなんだ。だから細心の注意を払って仕事をしてもらいたい」

職人は道具箱を開けるとさまざまな工具を取り出した。

「部屋に湯を沸かしておいてください。乾気が一番よくないのでね」

職人はゆっくりと丁寧に仕事を始めた。

最初は表板と胴の接合部分にごく小さくて平たい形の金具をびっしりと打ち込んでいった。その後は何もしない。

「この部屋の湿気に琵琶をなじませるんで、しばらくは手が出せません」

張は、たしかにこの男は腕のたつ職人だと喜んだ。もののわからぬ奴なら、いきなり大きなくさびを打ち込んで大切な表板を割ってしまうかもしれない。

張と職人はそれから二時間ほども琵琶の話をした。

秀如が青菜と肉の炒めものを昼に出した。

職人は饅頭相手にそれをたいらげると言った。

「よし。もう始めてよいでしょう」

職人は琵琶の前に戻り、今度はもう少し大きなくさびを慎重に打ち込み始めた。

張は、はらはらするものだからずっとその場に座って一部始終を眺めていた。

職人は、さらに大きなくさびを打ち込んだ。

その後、そのすべてのくさびを抜いて、右手に細長い金属の器具を持った。

「いきますよ」

細長い器具を右手に持って職人が言った。

「ああ、やってくれ」

張が痰のからんだ声で答えた。

職人は器具を表板と胴部の間にあいたかすかな隙間に差し込んだ。あとは魚をさばくようなざりっざりっという音とともに表板の周囲をゆっくりとまわっていく。

こつんという音がして職人が言った。

「表板を外します」

桃の彫りもの、象牙の指板とともに、表板が外されようとしていた。張はたまらなくなって胴の中を覗き込んだ。ここ千年来、人の目にふれたことのない胴内だ。胴は紫檀の一刀彫りで内部までつるつるとしている。その底の方にひとつ妙なものがあった。白く粉をふいた直方体の物だ。

「唐帝の印璽《いんじ》だ」

張は思わず職人を押しのけてそれに手を伸ばした。と、その物は張の手が届かぬうちに、かたっと音をたててふたつに割れてしまった。さらに張があせってそのかたわれを手に取ると、それははらはらと白い粉になって飛散してしまった。そのもうひとつのかたわれにはたしかに「唐」云々の文字が読めてとれたが、これも張が手に取ると同時に四散してしまった。

それ以降、張家の琵琶は鳴らなくなってしまった。

※一元＝約十二円。但し原稿作成時（一九九四年八月）のレート。

「サヤカのお腹を見ていると、無性にアメリカに帰りたくなるよ」

アレックスが、私の妻の臨月近いお腹を見て言った。沙也加は不思議そうにアレックスを見る。

「私のお腹を見て？　どうして？」

「サヤカのお腹を見ると、どうしても〝フットボール〟を思い出してしまうんだ。僕はハイスクール時代はチームのヒーローだったんだぜ」

アレックスは、ざらざらした声で笑うと、ストレートグラスに残ったウィスキーを、くいっと一口に飲み干した。私はその空のグラスにまた液体を注いでやる。

「君たちと知り合ってもう二年近くなるが、僕がこのスリランカから一歩でも外へ出たのを見たことがあるかい？」

「いや。君ほど仕事熱心なアメリカ人は見たことがない。沙也加ともそう言ってたんだ」

「スリランカに来る前は中東に四年いたんだ。ニューヨークへ帰ったのはその間に一回きりさ。これじゃどうやら一生独身で通すより仕方がないな」

アレックスは、アメリカ資本の商社に勤める三十代半ばのビジネスマンである。同じく商社勤めの私とは二年前に地元のパーティで知り合いになり、それ以来、互いに情報交換をし合う友人になった。

独り者のアレックスは、使用人が三人もいる広壮な一軒屋に住んでいるのだが、やはり退屈なのだろう、しょっちゅうウィスキーを一本ぶら下げては私の家へ遊びにくる。そんな彼に妻の沙也加は決して嫌な顔をしない。むしろアレックスのどこか淋しそうな顔に母性をかきたてられるのか、いつもテーブルいっぱいの手料理で歓待する。もっともその手料理の半分くらいは、メイドのハーリティが作っているのだが。

ハーリティは四十過ぎの後家さんで、めったに笑わない女だが、家事の腕は立つ。他の日本人商社マンは、アレックスのように二、三人の使用人を雇うのが普通なのだが、我家は今のところハーリティ一人がいれば十分やっていける。もっとも、予定日が近づいた沙也加が無事に出産すれば、もう一人くらいは手がいるかもしれない。

このスリランカでは、人件費が考えられないくらいに安く、物価も家賃も日本とはケタちがいなので、我々はまるで王侯のような暮らしを楽しんでいる。円高の傾向になってからはそれに拍車がかかったようだ。

「君はそうやってホームシックになっているけれど、私なんかはもう日本に帰りたいとはあまり思わないね」

「ほう、そうかい。そんなにこの国が気に入ったのか」

「というより、日本の事情がひどすぎるんだよ」

「冗談だろ。日本は今や本当の黄金郷《エルドラド》じゃないか。世界中からねたまれているような国に生まれて、何が不満なんだ」

「いいかい、アレックス。私は日本では超一流の企業に勤めている。年収は六万ドルを超えるんだよ」

「オゥ、ジーザス！」

「そのくらいの収入の人間が、東京じゃ、都内に家も買えないんだよ。電車で片道二時間かかって通勤するなんてことは、もう東京じゃ当たり前なんだよ。土地の異常な値上がりで、誰もう家なんか買えないんだ。だから家をあきらめて、せめていい車を買って自己満足する人間が増えてきている。東京で一番高い土地はギンザという所にあるんだが、一平方メートルがいくらすると思う？　二十二万ドルだよ、二十二万ドル」

「信じられない話だな」

「ホテルでコーヒーを飲めば、五、六ドルとられる。すべてそんな調子だ。自分の子供を大学にやるために、酒も煙草もやめる人もいる。ましてや、一軒屋を持ってメイドを雇うなんてのは夢物語さ」

「なるほど。それに比べれば、このスリランカでの暮らしは考えられないような幸福なんだな」

「そう。ここにいれば王族なみの暮らし。東京に戻ればただの中流ワーカーさ」

「じゃあ、君は今、とても幸せなんだな。裕福な暮らしをして、美しい奥さんと生活を楽しみ、念願の子供まで生まれる」

「そうだな。今が私の人生の中で、最高の状態なのかもしれない」

「顔が輝いてるぜ、幸福で」

「ひやかすなよ、アレックス」

「いや、僕はねたんでるんだよ。その証拠に僕の目が青くなってるだろ?」

「何のことだ。君の目が青いのはもともとじゃないか」

「いや、今のは〝イーブル・アイズ〟のジョークさ」

「〝イーブル・アイズ〟? 何だい、それは」

「スリランカに二年も住んでて、知らないのかい?」

「あたしは知ってるわ。ハーリティに教えてもらったもの」

沙也加が口をはさんだ。

「〝イーブル・アイズ〟っていうのは、邪視とか凶眼とか邪眼とか呼ばれている目のことよ」

彼女が日本語で私に説明した。そして今度はアレックスに微笑《ほほえ》みかけ、英語で言った。

「邪眼っていうのは、人に不幸をもたらす視線のことよね」

「そう。邪眼を怖れるという風習は、大昔から世界各国にある。特に地中海から中近東、そしてこのスリランカにね。一番その傾向が強いのは、僕が前にいた中近東だ。イスラム圏では昔から異常に邪眼を怖れるんだ。ベールで目をかくしたりするのは、この邪眼から身を守るためでもある」

「その邪眼というのは、具体的にはどういうことなんだね」

「これはつまり、呪いのかけられた視線なんだね。その目で見られると、見られた人には病気だの災難だの不幸が次々に襲いかかる。その結果、死んでしまうこともある」

「そいつは厄介だね。しかし、どれが邪眼かというのはどうやって判別するんだ」

「邪眼の持ち主は、女性に多いとされている。そして、眉間《みけん》が狭くて眼窩《がんか》のくぼんだ目が要注意だ」

「しかし、そんな人相の女は掃いて捨てるほどいるじゃないか」

「面白いのは、イスラム圏では邪眼はだいたい青い瞳に多いとされてるんだ。さっき僕が冗談で言ったのはそのことさ」

「じゃ、西洋人はイスラム圏には行けないな」

「これは、歴史的な事実に由来してるんだよ。イスラム教徒は昔、シリアを中心にしてフランク人（西欧人）たちと大戦争をしただろ。フランク人の目には青い瞳が多かったからね。そんなところから、青い瞳は禍いをもたらす邪眼だってことになったんだろう」

「やれやれ。黒い瞳の日本人でよかったよ」

「日本人がこうやって繁栄してるのは、みんなが黒い目のおかげなんじゃないか？邪眼が一人もいないんだよ」

「しかし、このスリランカにもそういう風習があるというのは面白いな。イスラム教の影響が尾をひいてるわけか」

このスリランカでは、インド・アーリアン系のシンハラ族が仏教を信じ、ドラヴィダ系のタミル族がヒンドゥ教を信じている。人口的にはシンハラ族の方がずっと多数を占めている。そして人口の七、八パーセントがイスラム教徒である。そうした宗教の混在する中で、教義を超えて「邪眼」のような考え方が繁殖していったのだろうか。

「ハーリティが私に教えてくれたのは、こういうことだったのよ。私の名前がサヤカでしょ？　スリランカではこのサヤカの中の〝ヤカ〟っていうのは、悪魔のことなのよ。それをハーリティが冗談まじりに教えてくれたの」

「そう。ヤカというのは、インドでいう〝ヤクシ〟、つまり〝夜叉《やしゃ》〟のことだ。女のヤクシは〝ヤクシニー〟とも呼ばれている。スリランカの〝ヤカ〟はこの〝ヤクシニー〟に当たるんだ。つまりスリランカの悪魔はすべて女性なんだね。ヤカは必ず邪眼を持っていて人に不幸をもたらす。病気、狂気、死、天災なんかのね。ま、君もそれだけ幸福なら、悪魔の気にさわって仕方がないにちがいない。せいぜい邪眼には気をつけるんだな」

「ＯＫ、わかったよ。これからは外を歩くときは、しっかり目をつぶって歩くことにする」

「おいおい、そっちの方がよっぽど危ないぜ」

笑い合って、話題は別の方へ移っていったが、この邪眼の話は、アレックスが帰ったあとも妙に私の心にひっかかったのだった。

夜、ベッドの中で私は考えた。〝邪眼〟の話のどこが私を刺激したのだろうか。

それはどうやら、私が幼い頃にいつもうなされた、ある悪夢に起因しているようだった。

私は幼い頃、母の妹である叔母に、たいへん可愛がられて育った。その頃まだ独身だった叔母には、小さい私が彼女の全母性を傾ける対象だったのだろう。その愛に応《こた》える、私のなつきよう、甘えぶりもまた尋常ではなかった。ひとつふとんで抱きしめられて眠ることも、叔母が泊っていく夜には恒例のことになっていた。

ある夜、そうして叔母と眠っていた私は、夜中にふと目が醒《さ》めた。見ると、横に叔母の姿がない。

ただ私は、自分の枕元に何者かの気配を感じて、ゆっくりと顔をねじ向けてその方を見た。

枕元の方向に、その部屋の床の間があったが、その床の間の、くぼんだ闇の中で叔母が正坐をしていた。目をつむったまま、石のように動かない。何をしているのだろう。

「叔母さん？」

と私は小さく呼びかけた。

叔母がゆっくりと目をあけた。

その目には「瞳」がなかった。全体が白目のようで、それが青く光を放っているのだ。

夢はそこまでである。私は、ギャッと叫んで飛び起き、驚いて抱きしめようとする叔母の手から、必死で逃げようとしたらしい。

このことは、後々まで私の家族や当の叔母の間の笑い草になったけれど、私にとってはあまりの恐怖だったのだろう、その後も同じ夢を何度も見てはうなされた。

「青い目」という邪眼の話から、そういう遠い記憶が呼びさまされたのだろう。愛する者が化けものにすり換わるというのは、子供の頃、誰もが感じる恐怖である。私の場合、その怪物化する対象が、母親ではなく、叔母だったのだ。邪眼の話は、忘れていたその恐怖を思い出させた。

もっとも、邪眼云々《うんぬん》がこんなに心にひっかかるのは、今の私が幸福過ぎるからだろう。自分の幸福が崩れることを怖れるあまり、不幸をもたらすという邪眼の話が気にかかる。そういうことなのかもしれない。

「だんなさまのためにお祈りしているのです。それがいけませんか?」

ハーリティは眉根にシワをよせて言った。

あれから二週間後の夜半である。目が醒めて、喉《のど》の渇きを覚えた私は、台所へ向かう途中、メイドのハーリティの部屋から異臭がこぼれてくるのに気づいた。薬草をいぶしたような異臭とともに、何やら低くぶつぶつとまじないの文句が聞こえてくる。

私はハーリティの部屋をノックし、中をのぞいた。

部屋中に籠《こも》った、香の煙の中で、ハーリティが一心に祈っていた。

「何をしているんだね、こんな夜中に」

という私の問いに、ハーリティが答えたのが先の文句である。

「私のために祈る？　それはどういうことなのかね」

私はつとめておだやかに尋ねた。この国にもやはりさまざまな奇習や信仰がある。国ごとのそうした異俗にいちいち驚いていたのでは商社マンはつとまらないのだ。

ハーリティは私の問いに、深い沈黙で答えた。何度かなだめるように問いただすうちに、この中年のメイドは、やっと重い口を開いた。たどたどしい英語だった。

「奥さまの中で、ヤカがこれ以上大きくならないように」

「ヤカが？　お前は沙也加にヤカが憑《つ》いているというのかね？」

「はい。最初は名前だけだった。サヤカの中のヤカ。でも、ヤカは、その名前を通じて奥さまの中にはいった。はいりやすかったのです。そして、毎日、奥さまを喰って大きくなっていきます」

「ばかなことを言うんじゃない、ハーリティ」

「いいえ。私、毎日奥さまの世話をしているからわかります。奥さま、前の奥さまでない。心のことも、身体のことも、私にはわかります。だんなさまにはわかりませんか？」

私はふと押し黙ってしまった。

たしかに、妊娠して以来、沙也加は少し変わった。どこがどうとは言えないのだが、妙に私に対して冷たいところがある。話をしていても、笑い方、目の配りに、なにか底冷えするようなものがあるのだ。

しかし、私には予備知識があった。子供が無事に生まれるまで、夫を遠ざけるような精神構造になる。それは時として、憎しみに近いくらいの感情にまでなるらしい。これは生物学的な反応なのだ。妊娠した女は、あった。おそらくは、母体の安全を確保するための自然の摂理なのだろう。結婚当時に読んだ医学書にそう書いてホルモンのバランスで、夫を遠ざけるような心理傾向が生まれるのだ。そうした微妙な心理上の変化を、ハーリティは感じとり、彼女の無知と迷信深さのために〝ヤカ〟と結びつけたのではないか。

私はハーリティを叱ることはしなかった。

できる限りの説明で、妊婦のそうした心理異常について説明し、何も心配することはないのだ、と話してやった。

ハーリティの肩に手を置き、私は彼女の狭い眉間のシワと落ちくぼんで不安そうな目をのぞき込んだ。

「わかったね、ハーリティ」

「わかりました。もう、だんなさまのために祈ることはしません。でも、だんなさまにはわからない。奥さまはヤカを持っています。心と身体の中に、悪を育てているのです」

「いいかげんにしないか」

ハーリティの部屋を出た私は、台所でウィスキーを出してあおった。

沙也加が身体の中で悪を育てている。ハーリティはそう言った。それではまるで、沙也加のお腹の中で日々育っている子供そのものが〝ヤカ〟であるように聞こえるではないか。

ハーリティは、この神聖な出産に泥を塗るつもりなのか。そうかもしれない。一生を貧困の中で育ってきたあの女には、私たち夫婦の輝くような幸福が呪わしいのではないのか。地獄の亡者のように、私と沙也加を自分たちと同じ不幸の地平に引きずり落とそうとしているのではないか。あの金つぼまなこの……そういえば、ハーリティの顔というのは、アレックスの言った、邪眼の持ち主の人相そのままではないか。眉根が寄っていて、眼窩が落ちくぼんでいる。そしてその奥から放たれる視線は、ねっとりと恨みに満ちて……。

そうだ。彼女こそ呪いの目の持ち主なのではないのか。富める者の富をねたみ、愛する者の愛を呪い、すべての幸福に亀裂を入れる怨恨の視線。ハーリティこそ邪眼の主《ぬし》なのではないのか。そういえば、〝ハーリティ〟というこの名の響きは、どこかで聞いたことがある。不吉な響き。

私は部屋中の本を引っ張り出して探してみた。その結果、ある仏教関係の本の註釈の中に、彼女の名を見出した。

「ハーリティ＝仏教説話に出てくる悪女。一万人もの子供を産んだ母親だったが、他人の赤児を奪っては食べていた。仏陀はこの女を戒めるためにハーリティの子を一人隠してしまう。ために改心した彼女は悪業を止め、仏陀に帰依する。音訳されて中国では『訶利帝母《かりていも》』。意訳されて『鬼子母神《きしもじん》』となる」

ハーリティを解雇したのは、次の日の朝だった。

彼女は一言の抗弁もせず、ただうなだれていた。夕方までには荷物をまとめて出ていくという。

この話をしている間中、沙也加は横にいたのだが、ハーリティを冷ややかに眺めるばかりで、私を責める様子も、メイドを慰留する意志も示さなかった。これは私には意外だったのだが、沙也加は沙也加で、ハーリティの意識下の呪いのようなものに気づいていたのかもしれない。

一件落着した思いで、私は家を出てオフィスへ出かけた。

ハーリティから社へ電話があったのは、昼をだいぶ過ぎてからだった。正午過ぎに、沙也加に陣痛が起こり始め、産婆を呼んで、今生まれるところだという。予定より十日ほど早い。

私は、力車《リキシャ》を走らせて、飛ぶように家へ帰った。

玄関をはいったところで、もう赤ん坊のさかんな泣き声が聞こえた。

「よかった。無事、生まれたのだ」

沙也加の部屋に行くと、妻とスリランカ人の老婆がいた。産後の手当てをすませたところらしい。沙也加は私の顔を見て、力なく笑った。

「おい。大丈夫か。赤ん坊はどうなんだ。男か、女か」

「ちょっと、そんなに一度に聞かないで。あたしもまだ見てないのよ。産んだあと、しばらく意識がなかったらしいの」

「で、赤ん坊は？」

「さあ……ハーリティが今見てくれてるんだと思うけど……」

「ハーリティが？」

私は駆け出した。遠くで赤ん坊の、火のついたような泣き声が聞こえる。この世のものではないような、苦痛の叫びが。ハーリティの部屋からだ。

私はそのドアに体当たりした。

ドアには、内から鍵がかかっているようだった。二度、三度、四度目の体当たりで錠前が外れたのか、私は部屋の中に転がり込んだ。

狂ったように泣きわめく、赤ん坊の上に身をかがめて、ハーリティが針と糸をあやつっていた。赤ん坊のまぶたを縫い合わせているのだった。

「何をしているっ！」

一瞬身のすくんだ私は叫んだ。

ハーリティはゆっくりとふりむいた。金つぼまなこの奥で閉じられていた目がゆっくりと開いた。その瞬間、私はあの悪夢の中の叔母の青く光る目をそこに見た気がした。

しかし、それは一瞬の幻想だった。ハーリティの目は、いつものように黒く、哀し気な光さえたたえていた。

「だんなさま。奥さまは、やはりヤカを育てていました。この女の子は、邪眼の子です。この子はだんなさまご夫婦に最悪の不幸をもたらします。だから、まぶたを縫い合わせているのです。おふたりのために」

私はものも言わずに突進すると、ハーリティの身体を突き飛ばし、赤ん坊をしっかりと抱きしめた。

幸いにもまぶたはまだ右目を二針ほど縫いつけられただけだった。

赤ん坊は、痛みのために、まだ見えない双眼を力一杯開いて泣き叫んでいた。

その開かれたまぶたの間からのぞいているのは、空のように澄んだ、ブルーの瞳だった。

そう。アレックスに瓜ふたつの、美しい、青い瞳だった。

「ジョン・レノンの未発表曲？」

ギターをいじっていた族永作《やからえいさく》の右腕がぴたりと静止した。まだ震えている六本の弦にてのひらを軽く当て、余韻を殺す。

「冗談だろ？」

族はアンプのスイッチを切って、振り返ると正面からその男を見すえた。

五十歳近いのだろうが、異様に強い眼光を持った男だった。そげた頰《ほお》とまだらにはげあがった頭部とが、どこか猛禽類じみた印象を与える。

「よた話を聞かせるためにこんなところまで来やしませんよ。私は船酔いする性質《たち》なんだ」

床がゆっくりと傾いた。

族が男と対峙《たいじ》しているのは、族の自慢のクルーザーの船室内だ。五、六人は楽に寝泊まりできる大きさで、作曲用の録音設備も装備されている。日本人のミュージシャンでこんなものを持っているのは族だけだろう。クルーザーの舷側《げんそく》には、目立ちたがり屋の族らしく、「YAKARA」という派手なロゴが描かれていた。

「ジョンの未発表曲があるなんて話は聞いたことがないな。そんなものがあれば、とっくの昔に発表されてるだろう」

「いろんな事情がありましてね。このテープだけが眠ってたんですよ。話せば長くなるんですが」

「ジョンの曲の著作権ってのは、全曲オノ・ヨーコが持っているはずだろう」

「正確に言うと、〝COME TOGETHER〟以外の全曲ですね」

「ああ。〝カム・トゥゲザー〟はマイケル・ジャクスンが二、三億円だったか出して、著作権を買ったって話だな」

「ビートルズ関連の曲の版権ってのは、いまやピカソの絵画なみの値うちになってるわけでしてね。そのうち投機の対象として日本の商社なんかが狙い出すかもしれんですな」

「で、何なんだい、その未発表曲ってのは」

「これはデモテープのたぐいなんですがね、音質はかなりいい。そのままレコードにできるくらいのものです」

「なんていう曲なんだ」

「タイトルは〝EIGHT ARMS TO HOLD YOU〟といいます」

「〝エイト・アームズ・トゥ・ホールド・ユー〟？　聞いたことがないな。〝エイト・デイズ・ア・ウィーク〟なら知ってるが。いつ頃の曲なんだ」

「その辺の事情をお話しします。この曲が書かれたのは、六〇年代のちょうど半ばあたりです。ビートルズの最初の映画はご承知のように〝ア・ハード・デイズ・ナイト〟です。この映画はまあ、音楽映画の傑作といっていい。リチャード・レスター監督のアップテンポでポップなセンスが光っていて。以降のミュージック・フィルムのひとつの型を作り上げたといってもいい。この映画があまりによくできていたんで、次の〝ヘルプ〟の評価はぐっと落ちます」

「まあ、駄作だよな、〝ヘルプ〟は。あれじゃプレスリーのB級映画とたいして変わらない」

「〝ヘルプ〟の内容が固まるまでに、企画が出ては流れ出ては流れ、という状態が、一年くらい続いて、もめにもめてた時期があったんですね。で、ついに最終的に固まったのが〝ヘルプ〟だったわけですが、実はその前に、クランクイン決定寸前まで行った企画があったんです。一部マスコミには第二作の決定タイトルとして報道されました。それがこの〝エイト・アームズ……〟なんです」

「なるほど。ビートルズが四人だから、〝君を抱きしめる八本の腕〟か。どうもファンに媚《こ》びたようなタイトルだな」

「企画が流れたのがどういう事情なのかは知りませんがね。あの頃、すでにビートルズのメンバーは、内部でガタが来始めてたんじゃないですかね。ジョージ・ハリスンはその後インドに凝り出すし、ジョンはLSDなんかのマインド・アートに走り始めるでしょう。ポールはあいかわらずコマーシャル路線で。すでにあの〝ヘルプ〟の頃にはブライアン・エプシュタインもメンバーをしっかり仕切ることができなくなっていた。音楽面でのジョージ・マーティンの助言も、だんだん彼等は容《い》れなくなって、てんでに実験的な方へ走り始めていた。その萌芽が見え始めたのがたぶん〝ヘルプ〟の頃でしょう。私はそう踏んでる」

「あんたね、そういうご高説は、音楽雑誌か何かに発表したらどうだい。おれはそんなごたくは聞きたかないんだよ」

「おや。これは失礼」

男は別に悪びれた様子もなく、テーブルの上の缶ビールに手をつけてプルリングを引いた。

「いただきますよ」

「ああ。勝手にやってくれ」

「で、そのドタバタしていた頃に、すでに一度は内定していた〝エイト・アームズ……〟のタイトル曲を、ジョンは書いていたわけです。見切り発車で、そうでもしないと間に合わないくらい日程がずれ込んでいたんでしょうな」

「ジョン一人で書いたのかい。ポールはどうしたんだ」

「おそらく、このテープを叩き台にして、ポールといっしょにアイデアを出し合おうと。そういう段階のテープだと思われます。ただ、楽曲自体は、詞も曲もきちんと完成したレベルにできあがっています」

「ジョンが一人で演奏してるのか」

「演奏の始まる前に、少し会話があるんでわかるんですが、スタジオにいるのはジョンとフィル・スペクターの二人らしい。ジョンがアコースティック・ギターを弾いて、フィルが電気ピアノを弾いてるようです」

「ふむ」

族は自分も缶ビールを開けて、一口飲んだ。喉《のど》や口腔《こうくう》がひどく渇いてきたのは、興奮しているせいだった。

フィル・スペクターは、五〇年代六〇年代のヒットメーカーで、〝ビー・マイ・ベイビー〟などの大ヒットをたくさん飛ばしている。彼のディレクトする音は「スペクター・サウンド」と呼ばれて、族も若い頃にはよく聞き込んでいた。

ジョン・レノンもたしかにその時期くらいから尊敬するフィル・スペクターと親交を結んでいる。映画『イマジン』の中でも、自宅のスタジオでフィルと一緒に〝オノ・ヨーコ〟を録音するシーンが見られる。このときのジョンはいらいらしていて、フィルに高飛車な態度を取り、ヨーコからたしなめられたりしている。

これはもっと後のことだが、『ヘルプ』が撮られた頃、ポールとの間にすでに隙間風を感じていたジョンが、フィル・スペクターと共にデモテープを作るのは十分に考えられることだ。

この男の話には、妙にリアリティがある。

「しかし、そのテープが、どうして今頃出てきて、しかもあんたの手にあるんだ」

「これが、奇《く》しき縁《えにし》とでもいうんですかね。問題のテープってのは、結局お蔵入りになっちゃったわけです。〝エイト・アームズ……〟の企画がひっくり返って〝ヘルプ〟に変わったんですからね。テープはその後、ビートルズが自分たちで作った会社〝アップル〟の倉庫でずっと眠ってた。一九七〇年にビートルズは解散しますが、アップルには私の知人で、本名はまあ何ですからXということにしときましょうか、Xというスペイン系の男がいて、こいつはエンジニアをしてたんです。私とは古い知り合いで、昔はソーホーあたりでけっこうヤバい橋をいっしょに渡ったりしてた仲ですよ。こいつがビートルズ解散のどさくさにまぎれて、このテープをマザーごとネコババしちゃったんですな」

「誰も気づかなかったのかい」

「そんなテープがあることも、メンバーは知らなかったですからね。ジョン自身も忘れてたし、周囲のゴタゴタでそれどころの騒ぎじゃなかったんでしょう」

「それで？」

「Xはこのテープでひともうけしようと考えてたんでしょう。たぶん海賊版《ブートレッグ》にして売るとかね。ほとぼりの冷めるのを待って……。ところが、このXは一九七三年に変死しちゃったんです」

「変死？」

「ドラッグで頭が変になってたんでしょうな。自分のアパートで、感電自殺とでもいうんでしょうかね。エンジニアで電気系統には強かったから、一種の電気椅子みたいなものを作りましてね。体中の八ヶ所に電極をつけて、時間がくればスイッチがはいるようにしてあった。それでバルビツール剤をしこたま呑んで死んじゃったわけです。第一発見者は私ですよ。見てられないような死に方だったな、あれは。体中に八本のシールドを巻きつけてね。それからですよ、私がどうもこのテープはヤバいんじゃないかと思い始めたのは」

「ヤバイって？」

「だってあなた。曲名が曲名で、Xの奴はまるで八匹の蛇にからまれてるみたいだったんですよ。おまけにアパートが八階にあって、部屋のナンバーが八〇八号室だ」

「意外と迷信深いんだな」

「変なとこで意気地がないのは確かだね」

「しかし、そのテープをあんたが持ってるってことは……」

「そりゃ、まっ先にね、私そのテープを探しましたよ。Xから二度ほど、そういうものがあるってのは聞いてましたからね。世の中に出すときには一口乗せてやろうって。うまい話でしたよ。テープはすぐに見つかりましたよ。なんせ、死体の横のカセットレコーダーの中にはいってたもんでね」

「そいつは死ぬ前にそれを聞いてたのか」

「そうみたいですね。それでますます気味悪くなってね。私、何年もそのテープを保管したまま迷ってましたよ。すると、そのうちにジョン・レノンがああやって殺されちゃったでしょう。しかも殺されたのが八〇年で、日が十二月の八日だ。また〝八〟がらみなんですよ。そのテープ持ったまま日本へ帰ってきて、小さな商売やってそこそこもうかって。まあ、十年間そのテープのことは忘れてたんですよ。それが、どうもここんとこ商売がうまくなくてね。まとまった金をつくらないと店をつぶしてしまう破目になっちゃった」

「しかし、どうして俺のとこへ持ってきたんだ」

「さあ、それをはっきり言っちゃうと、族さん怒るんじゃないですか」

「どういうこった」

「族さん、三年前にアルバム出してから、一枚も出してないですね。その三年前の〝失楽園〟も、私は聞きましたが。音は厚くて格はあるんだが、昔の族さんのようにハッとするようなメロディラインがない」

「言ってくれるね、あんた」

「……曲、書けないんじゃないんですか？」

族は、煙草に火を点《つ》けると、男に煙を吹きつけた。煙の中の男の顔をにらみつける。

〝殴り飛ばしてやろうか〟

と思ったが、何とか自分を制した。もう昔の突っ張り兄ちゃんではない、ロック界のカリスマなのだ。

怒りに呑まれそうになったのは、男の言ったことが図星だったからでもある。

ここ三年、曲が書けなくなっていた。教祖的存在になって伝説化されればされるほど、それが重圧になっていた。何もプレッシャーのなかった昔のように、生き生きとして奔放なメロディラインが書けない。昔はたったふたつのコードを使うだけでも乗りのいいビートを紡ぎ出せたのだが、ここ五年ほどはやたらに複雑なコードを使うばかりでできるのはどこかぼんやりした印象の曲ばかりだ。デビュー時にはあった、爆発的な怒りや世間に対する殺意も今はない。胸の中の熾火《おきび》を掻き立て掻き立てして綴る詞は、妙に説教じみたものになってしまう。

〝何も発表しない方がまだましだ〟

そう思ってこの三年間、印税収入と著作権料、莫大な財産の金利だけで遊び暮らしてきたのだ。

美女をクルーザーに満載して、釣りやスキューバを楽しんでいる族の姿は、よく週刊誌のグラビアを飾ったが、内心は人のうらやむようなものではなかった。「充電期間」と人が見てくれるのにも限度があった。とにかくシングル一枚でもいいから早く出したい焦《あせ》りがあった。

「まだ若い頃のジョンの曲か……」

もちろん、そんなテープにしても著作権はジョン・レノンにある。テープ自体をレコード化するわけにも、それを歌うわけにもいかない。ただ、自分の作品だということにして発表してしまえば……。その楽曲があることを知っている人間は、この世にもう何人も残っていないのだ。おそらくはフィル・スペクターがうろ覚えに記憶しているぐらいだろう。ジョン自身もXなる男も死んでいる。オノ・ヨーコもおそらくその曲のことは知らないだろう。あとはこの奇妙な「売人」だけだ。

族の心の中でしきりに疼《うず》くものがあった。日本語の歌詞をつけてしまえば、やってしまえ。メロディラインだけいただいて、もう誰にもわからない。この東洋の端っこでたとえ大ヒットしたにしても、それがジョンの幻の作品だと気づく人間がいるわけがない。やってしまえ。心の中で誰かが叫んでいた。

「いくらで売るつもりだ。そいつを」

精一杯の無関心を装って、族は男に尋ねた。

「この線は譲れませんね」

男は右手の指を一本立ててみせた。

「百万か」

「百万？　冗談でしょう。ケタがふたつ違いますよ」

「ケタふたつって。一億で売るってのか」

「そりゃそうでしょう。〝カム・トゥゲザー〟の版権の値段を考えてみて下さいよ」

族は笑い出してしまった。

「それはマイケル・ジャクスンがジョン・レノンの正規の作品の権利を買うからの話だ。仮に俺がシングルでこいつを出して、まかりまちがって百万枚売れたとして、俺のふところにいくらはいると思ってんだ。いいとこ二、三億だ」

「………」

「それに、その作品がいい曲で、ヒットするって保証がどこにある」

「ジョンが映画のタイトルバックにしようって曲ですよ」

「とにかく聞いてみないことにはわからない。本物のジョンの作品かどうかもな。偽物でない証拠が、本人の声以外にあるかい。初対面のあんたを全面的に信用するわけにはいかないだろうが。聞かせろよ。テープは持ってきてるんだろう?」

「持ってきてはいますよ。しかし全部聞かせるわけにはいかない」

「どうしてだ」

「あんたはミュージシャンだ。一回聞けばメロディを覚えてしまうだろう。その後で駄作だから金は払わないって言われたら私はバカみたいじゃないか」

「それじゃ、お互いににらみ合いじゃないか。よし、こうしよう。とにかく聞かせてくれ。それで、それが本当にジョンの曲で、俺が気にいったら一千万出そう」

「一千万? 族さん、足もとを見なさんなよ。五千万は譲れないよ」

「よし。三千万出そう」

男は舌打ちした。

「仕方ないな。そのかわり、全部は聞かせられないよ」

「まだそんなことを言ってるのか」

男は族の目をじっと見て笑った。

「族さん。この曲はね、少し変わってるんだ」

「変わってる？」

「だいたいロックの曲でもポップスでも、決まった型があるでしょうが。主旋律があってサビがあって。たとえば主旋律をAとしてサビをBとすると、A・A・B・A、間奏があって、またB・Aってな具合に」

「たいていはな」

「この曲はそうじゃないんだ。とても変わった構成になってる」

「………」

「同じメロディが二度と出てこない。言やあ、A・B・C・D・E・Fって風にどんどん新しいメロディが出てくる。それでいて、きちんとロックになっている。ひとつずつのラインがどれもハッとするようなメロディで、しかも後になるほど熱っぽくなっていくんだ」

「ふむ」

「だから最初のツゥ・コーラスだけを聞かせるよ。それで買うかどうか判断してほしい。あんたもプロなら、こいつがどんだけ非凡な傑作か、ツゥ・コーラス聞いただけでわかるはずだ」

「そんな傑作を、ジョンはなぜお蔵入りにしちまったんだ。おかしいじゃないか」

「私の推測だがね」

男はポケットから古びたカセットを取り出しながら言った。

「ジョンは、この曲をあまり好きじゃなかったんだよ。傑作駄作と好き嫌いは別だからね。この曲には、どこか……気のせいかもしらんが、どこか不吉なところがあるんだ」

男は族の差し出したポータブルデッキにカセットを入れ、プレイスイッチを押した。族は全身を耳にした。

テープは男二、三人の笑い声から始まっていた。ノイズはまったくなく、スタジオブースでちゃんとしたセッティングで録《と》られたものだ。

最初に聞こえてきたのはジョンの声ではなかった。

「おい、カルロス。この品のない男をスタジオからつまみ出してくれ」

これはフィル・スペクターの声らしい。ジョンが何か品のないジョークを言ったのだろう。

「ぼくは出ていってもいいけれど、ギターは誰が弾くんだい」

まぎれもないジョンの声だった。少し訛《なま》りがあってねっとりとした声だ。

「OK、テイクを録《と》ろう。カルロス、アタックをもう少し上げてくれ」

カルロスというのが例のXなのだろう、と族は判断した。

「ジョン。だいたいの感じはわかった。曲想はクレイジーだけどね」

「ジョン・セバスチャンが似たことをやってる。〝サマー・イン・ザ・シティ〟って曲で、どんどんメロディが変わっていくんだ。でも、こんなに完璧じゃない」

「後でスライドギターを入れとこう」

「ミスター・スペクター。ベースだと思ってピアノを弾いてくれ。コードはプレインにたのむ」

「OK。じゃ、いこう。〝エイト・アームズ・トゥ・ホールド・ユー〟、テイク・ワン。俺も腕が八本欲しいよ」

フィルのジョークの後、すぐに演奏が始まった。前奏はなく、ジョンの粘るようなヴォーカルから始まる。

♪One-man army's gonna catch you on the line♪

出だしはタイトなロックンロールだったが、族はしょっぱなで心をワシづかみにされたような気になった。メロディラインがかなり突飛だ。それに、今までに経験のない奇妙なビート感にあふれているのだ。

歌詞は、〝ワン〟から始まって〝ツゥ〟へ、いわば数え歌のような構成になっているらしかった。〝ワン〟のコーラスが十二小節。〝ツゥ〟へはいったとたんにメロディががらりと変わった。今の言葉で言えば〝ラップ〟に近いようなトーキング・ブルースになっている。

ツゥ・コーラス目が終わって〝スリー〟にはいりかけたところで、男がカセットを止めた。

族はそのために全身が失速したような嫌な感じに襲われた。ジェットコースターが急に止まったような不快感である。

「どうです？」

「もう少し聞かせろよ」

「いや、約束ですから」

「これだけじゃわからない」

「わからんことはないでしょうに。歌はこの後、間奏をはさんで八番まで行くわけです。ラストは〝エイト・アームズ・トゥ……〟のリフレインになります。全部で三分〇一秒です。ま、さしあたり一分一千万円ってことになりますが。高いか安いかはもうわかってらっしゃるでしょう、族さん」

族永作の三年ぶりのシングルＣＤ〝その腕でもう一度〟は、発売と同時にチャートの四位にはいり、二週目にはトップになった。

ファンが彼の新曲に飢えていたこともあったが、何よりも破天荒な構成と、全体にあふれる奇妙なビート感、フレッシュなメロディラインが、族をおじさん呼ばわりして縁のなかったロウティーンまでもとらえて放さなかった。

それまで族を評価しなかった音楽評論家たちもてのひらを返すようにこの曲を絶賛した。

「族永作は、本来なら秀逸なアルバムが一枚作れるだけの素材を、三分間の一曲に凝縮してしまった」

これが某辛口評論家の評価で、それはそのまま広告コピーに流用された。

CDの売り上げは当然記録破りのもので、この記録は少なくとも以降数年は破られないのではないか、と業界は噂した。

絶対にテレビには出ない、と公言していた族が、五年ぶりにブラウン管に登場した。

NHKの特別インタビュー番組である。生放送の番組が終わった後、族はグルーピーが詰めかけている表玄関にはダミーを走らせ、自分は局員にガードされて荷物の搬入口から脱出した。

待たせてあった局の送迎車に乗り込む。

族は上機嫌だった。

車の中にはテレビが据えつけてあった。自局のニュース番組が流されている。

「お邪魔でしたら消しますが」

初老の運転手が上品な口調で尋ねる。

「いや。かまわないよ。たまには世間さまの様子も見ないとな」

画面に見覚えのある男の顔が映っていた。

例の男だ。

新宿二丁目にある自分の店で、何者かに刺殺された、とアナウンサーが報じている。店は輸入もののアンティークの店だった。警察の調べでは、男は業績の不調から、海外ルートを通して薬物の輸入密売をしていたらしい。そうした関係で、地元暴力団とのトラブルに巻き込まれたのではないか、というのが当局の見方だった。

画面を見ながら、族は運転手に話しかけた。

「物騒なこったね、運転手さん。街のど真ん中でさあ」

「ええ、にぎやかなところですよね。あんなところでねえ」

「全身八ヶ所、ドスで刺されたってさ」

「八ヶ所も刺されりゃ、生きちゃおれませんわねえ」

「殺されたのも十二月八日だ。ジョン・レノンと同じ日だよ。〝八〟がついてまわってるんだ」

「はい」

「もう、今の世の中だと、〝すえひろがり〟でめでたいなんてことはないのかねえ」

「ははは。〝八〟って字はすえひろがりだって言いますけど、逆立ちして見りゃ〝先細り〟ですからねえ」

「まあな。こんな裏街道歩いてるような奴ってのは、人生逆立ちして歩いてるようなもんだからな。〝八〟は先細りだよ」

〝金が惜しくてやらせたわけじゃない〟

と族は男の顔を思い浮かべた。

一度味を占めた奴は、何度でもこっちの汁を吸いにくるものだ。族はそうした人間の習性をいやというほど知り抜いていた。なぜなら、チンピラまがいの生活をして少年院を出たりはいったりしていた時期に、自分自身がそういうことをして食ってきたからだ。

さすがに、人を殺したことはない。

今回の処理も、芸能界の裏のコネクションを使って「きれいに」してもらった。そのためにまた一千万近い金がかかったが、以後の面倒を思えば安いものだ。例の男は、やはり自分の店に、ジョン・レノンのテープの四トラック・マザーの複製、およびカセット・ダウンしたものを何本か保管していたらしい。

明け方近くに男の店を急襲したのは、組の子飼いのプロの殺し屋四人だった。全員が二度ずつ男を刺したのか、見張り以外の何人かが殺《や》ったのか。「聞かぬが仏」で族は知らない。いずれにしても、あの男も〝八〟の字にからめ取られるようにして死んでいったことになる。

族はいつの間にか〝八〟という数字におぞましさを覚えている自分に気づくようになった。だからといって、それほど良心に呵責《かしやく》を覚えるわけではない。自分の知らないところで、あまりよく知らない小悪党が殺された。それだけの話だ。

それよりも族は、突然の大ヒットで急増した収入の税金対策で大わらわだった。どうせ税金で持っていかれるなら、この金で自家用飛行機を買おうか、と族は真剣に考えていた。

「おっきなのがいいの。おっきなお魚、とってきてね」

ナンシーがデッキの上から叫んだ。

族はすでにスキューバの全装備を装着し、クルーザーの側部甲板から後ろ向きに海中に落ちたところである。

久しぶりのオフだ。

カリフォルニアの空が、やや二日酔いの目にまぶしい。

甲板から手を振っているナンシーは、日系三世のタレントだ。族にとっては目下のところあまり売れてもいない、手頃な遊び相手である。ハワイで落ち合ってここまでいっしょにきた。クルーザーの方は先にカリフォルニアに運ばせてあった。

族はレギュレイターをくわえると、ナンシーに手を振り返し、三秒後には海中に消えた。「ジャックナイフ」という潜り方だ。水平に浮いた体の上半身をまず直角に水中に向けて曲げる。次に脚を天に向けてピンと立てる。水面に対して直角に立った体は、浮力抵抗が少なくなり、腰に装着したウェイトの重みで、すっと海中に沈んでいく。

族は、海岸から徐々に深みへ進んでいくダイビングよりも、この船からの垂直ダイビングの方を好んだ。もちろん、少しずつ体を慣らしながら、海中に投入したイカリのロープづたいに潜っていくのだが、一挙に二十メートルくらいの海底へ直行できる。深いところは明度は落ちるものの、ブダイやハタなど大物の魚に出会えて面白かった。手にした水中銃を、どいつに向かって放つのかは彼次第だ。魚どもの生殺与奪の権利を握った万能感に族は高揚する。

ロープづたいに海底に降りた後、二十分ほど水底を遊泳した。水深二十五メートルくらいだろうか。

ボンベに残った酸素はあと十分くらいである。一挙に浮上すると急な水圧の変化で肺が破裂するか、命は助かっても潜水病になる。ゆっくりと水深五メートルごとくらいに体を慣らしながら浮上していかねばならない。

それを考えると、もう浮上にかからねばならない時間だった。

普通、スキューバの場合、「バディ・システム」といって必ず二人一組のチームで潜るのだが今日の族は一人である。ナンシーにはこれから少し教えてやろうというところなので、今日は一人で海底の地形確認といったところだ。

「そうだ。夕飯に何かとっていかなきゃ」

カリフォルニアのこのあたりの海底は、潜ってみると、海上の船から釣糸を垂れている人間が阿呆に見えるほど、魚影が濃い。

族は、目の前五メートルほどのところを泳いでいるハタを、今日の犠牲にすることにした。

〝こいつは、白身で、嚙むと歯がギシギシするような、うまい肉なんだ〟

族は、ハタめがけて水中銃の引金を引いた。とたんに、のんびり者に見えたハタが、意外なスピードで身を翻転させた。

放たれた銛《もり》は、そのままの勢いで、水底に盛り上がった小高い丘の向こうへ消えていった。

〝やれやれ〟

レギュレイターをギュッと嚙みながら、族はその丘の向こうへ、銛を回収しに行った。

銛は、サンゴにおおわれた大岩の下あたりのくぼみに突き刺さっていた。

族は、その岩の下の、穴のようになったくぼみに手を入れて、銛の刺さり具合をたしかめようとした。

くぼみの中に手を入れた途端に、手首が何かヒモのようなものでギュッと締めつけられる感触があった。

族はギョッとして、その腕をくぼみから引き抜こうとした。手首にからみついている何本かの腕が見えた。直径二センチくらいの、イボのついた腕だった。

「蛸《たこ》だ」

族は思った。

「けっこう大きい奴だ。これなら二人で食っても余ってしまうぞ。ナンシーは蛸は好きだったかな」

考えながら、族は太腿《ふともも》に装着したシーナイフを探した。海中では、漁船の定置網にひっかかるとか、こうして蛸にからまれるとかのアクシデントがある。シーナイフはこういうときのために必携のものだ。背の側に、ヤスリの役をする丈夫なギザがついていて、刃も鋭い。

そのナイフがなかった。

装着し忘れてきたのだ。

族は血がすっと引いていくのを感じた。

手首を見る。太くてキュッと吸いつく、強じんな四本の腕（足？）が、しっかりと手首に貼りついていた。おそらく残り四本の腕は、くぼみの中のでっぱりにからみついて、絶対に引き抜かれまいと金剛力をふりしぼっているのだろう。

蛸は、八本の腕で、いまや族をこの海底につなぎとめているのだった。

酸素の残り表示は、あと五分を示していた。

族は必死で腕を引き抜こうとした。レギュレイターを外して蛸の腕に噛みつきもした。しかし、それは万力のように族の手首を締めつけ、噛もうがひっかこうがビクともしなかった。

急激に荒くなった呼吸のために、心臓の鼓動が限界ぎりぎりまで速くなっていた。いくら酸素を吸っても楽にならず、激しい耳鳴りがした。

もうろうとしてくる意識の中で、族は、泣き笑いに近い表情で自分を海底にいましめている生物を見続けていた。

「エイト・アームズ・トゥ……か……」

そのつぶやきは、海中で大きな泡となり、ゆっくり上方へ浮上していった。

コルトナの亡霊

「観客が全員帰ってしまう？　それはどういうことだ」

編集局長の生駒《いこま》はシガリロの濃い煙を向かいに座っている可児《かに》に吹きつけた。可児は目をしばたたかせながら、

「ええ。先週の土曜日に封切りになって、今日で三日目なんですが、上映後ちょうど一時間目くらいにお客さんが全員映画館を出ていってしまうそうなんです」

「それはどういう映画だ」

「ホラーです。珍しくスペイン製の映画で、タイトルは『コルトナの亡霊』といいます。全編で九十分くらいの作品だそうです」

「可児君はそれを最後まで見たのか」

「いえ、おれはまだ見ていません」

「バカ。新聞記者が見もせずにネタを持ってきてどうする」

「申し訳ありません」

「面白そうな話だ。すぐに取材してこい」

可児は大新聞社の記者で、映画、演劇、舞踏、笑芸などの論評を担当している。うんざりするくらい下らない作品を取材することの方が多くて、これはこれでつらい商売だ。

先の映画の話は配給元の会社の人間から聞いた。昨日、そこへぶらりと立ち寄ると、古い友人の出目《でめ》ちゃんがいた。ミニスカートの長い脚を組んで煙草を吸っている。

「やあ」

「ハイ、可児君、久しぶり」

「日焼けしてる」

「ニューヨークへね、映画の買い付けに行っていたの。散々歩きまわったわ」

「いい映画はあったかい」

「だめね。みんなSFXに頼り過ぎて」

「今上映してる映画では何がいい？」

「そうねえ」

出目ちゃんはサラサラした髪をかき上げて考えた。

「今週は特にいいのってない。でもね、おかしなことがあるの」

「なに」

「『コルトナの亡霊』っていうスペイン映画でホラーなんだけど、お客さんが全員途中で帰っちゃうのよ。蒼《あお》い顔して」

「どうして」

「恐過ぎるのよ」

「どんな話なの」

「マドリッドの近くの寒村にコルトナ城っていう古城があって、そこに出る十二歳の少女の亡霊の話よ」

「恐そうだ。試写会ではどうだったの」

「プレスの人がたくさん見えたけど、みんな一時間で帰っちゃった。用事があるとか言って」

「ふうん。でも出目ちゃんは立場上何回も見たんだろ」

「うん。それが」

出目ちゃんは眉を曇らせて、煙草を揉み消した。

「あたしも六十分目でリタイアしちゃった」

「え。それでどうやって宣伝用のパンフとかフライヤー（チラシ）とか作れるの」

「それは何とかかね。一時間見てればだいたいの内容はわかるから。ストーリー紹介にしても三分の二くらいまで書いて、あとは〝この後信じられない恐怖があなたを襲う〟とか、お茶を濁しちゃうのよ」

「プロ失格だね。どこがそんなに恐いの」

「スプラッターとかああいうご陽気なものじゃないのよ。あえて言えば、そう『オードリー・ローズ』とか『ゴシック』とか、ああいう種類の恐さね。背筋が凍りつくみたいな」

「でも、そんな変な映画をどうして買い付けてきたの」

「可児君、知ってると思うけど、映画の買い付けっていうのは〝抱き合わせ〟なのよ。たとえば『メン・イン・ブラック2』を買いたいと思っても一本だけじゃ売ってくれない。くだらないB級映画を三本くらいつけて、四本でいくらっていうシステムになってるの。あたしたちはその三本のB級映画を消化しなきゃならない。ビデオ化したり、たまには映画館で上映することもあるけど。『ロボコップ』のビデオが出た後にすかさず『ボロコップ』っていう最低のビデオが出たでしょ。ああいうやり口よ。『コルトナ』はその中に紛れ込んでいたの」

「苦労するね」

「そうなのよ」

「じゃ、行くよ。今度ビールでも飲もう」

「いっつもビールだけでサヨナラなのね。つまんない男」

可児は福永玲子のマンションのブザーを押した。しばらくしてドアが開き、四十過ぎの美しい女性の顔が覗いた。

「失礼します。先程お電話さし上げた可児ですが」

「ああ、新聞社の方ね。どうぞ、お入りになって」

居間に通された。ビデオが三台あった。その他に映画関係の雑誌や資料、英語の脚本、辞典などがぎっしり詰まったラックが二台あった。辞書の中には「英米スラング辞典」などというものもあった。

ソファに座っていると福永が冷たい麦茶を運んできた。

「ここでいつも翻訳のお仕事をなさるんですか」

「ええ、台本を置いてビデオで画面を見ながらスーパーを書いていきます」

「せわしないお仕事ですね」

「はい。私はアメリカ映画とスペイン語の映画を訳しますが、ことにアメリカ映画はドラッグやセックスのスラングの塊ですから往生します」

「映画のスーパーの日本語っていうのは原作より随分短くしないといけないんでしょう」

「そうですわね。だいたい原文の半分くらい。三十字くらいが限度ですね」

「月にどれくらいの映画を翻訳なさるんですか」

「さあ。波がありますけれど、三本くらいですかしら」

「そんなに」

「慣れれば」

「実は今日お伺いしたのは、福永さんの翻訳された『コルトナの亡霊』についてお聞きしたかったんです」

麦茶を口に運んでいた福永の左手がぴたりと止まった。

「『コルトナ』……ですか」

可児は今映画館で起こっている観客の退館現象について簡単に話した。福永の首は段々とうなだれていった。

「そうですか。……やっぱり」

「お心当たりがあるんですね」

「あの映画は、とても恐ろしい映画なんです。何て言ったらいいかしら。人間の持っている〝恐怖〟という本能の根幹をえぐり取るような」

「でも福永さんは当然作品の全てをご覧になったわけですよね」

福永は唇を噛んでいたが、やがて首を横に振った。

「いいえ。私、最後までは見ておりません。三分の二を過ぎたくらいから全身ががたがた震えてとても正視できなかったのです。眼を固くつむって這っていってビデオをOFFにしました。それが精一杯だったんです」

「でも、字幕スーパーは最後までできたんでしょう。それはどうして」

「スペイン語の脚本を見て、それだけを訳したんです。プロとして恥ずかしいことなんですが、それしか方法がありませんでした」

可児は腕を組んで福永を見た。彼女は小刻みに震えていた。

「いったい何が恐いのです。その映画はどういうストーリーなんですか」

福永は自分を落ちつかせるために麦茶を啜《すす》り、しばらくしてから語り始めた。

「時は第二次世界大戦中です。マドリッド近くのコルトナという寒村にドイツ軍が進駐してきます。一個小隊ほどの兵隊です。村のはずれにコルトナ城と呼ばれる無人の古城があり、ドイツ軍はここを兵営地に決めます。村人たちはそれを必死になって止めます。あの城に泊まって生きて帰ってきた人間は一人もいないのだから、というのです。コルトナ城には二百年前に領主によって惨殺された十二歳の少女の死霊が漂っていて、来たものを全て呪い殺してしまうというのです。ドイツ軍の将校はそれを聞いて鼻でせせら笑います。『我がドイツ軍はいまや死霊よりも悪魔よりも恐ろしい存在だ。四十人分の十日間の食料と水とウィスキーを今すぐ調達して城に運び込め。さもないとこの村の住民全てを銃殺する。女も子供も赤ん坊もだ』。仕方なく村民はその命令に従います。ドイツ軍はその夜から城に駐屯します。そしてその夜から恐ろしいことが起こるのです」

「恐ろしいことというと」

「まず、不寝番をしていた兵卒の二人が、廊下をすっと横切っていく白装束の少女の姿を目にします。『娘がいるぜ』というので二人は少女の後を追いかけます。そして次の朝、二人の死体が発見されます。全身、裏返って」

「裏返って？　どういうことです」

「ちょうど蛸《たこ》を裏返すように内臓から何から全身が裏返っていたのです」

「ちょっと想像がつかない」

「映画のビジュアルで見ればわかります。それも一瞬しか映りませんが」

「それから」

「兵士の一人が夢を見ます。二百年前のこの城の情景です。領主は村の十二歳の処女を召し出してこれを犯します。そして少女がフェラチオに応じなかったことに激怒して少女の右頬を焼きゴテで灼《や》きます。少女はその後、灼かれた頬が化膿したのと食事を与えられなかったのが原因で、牢の中で衰弱死してしまいます。全ての男を、権力者を呪いながら」

「なるほど。その後どうなるのですか」

「兵卒たちが次々と変死を遂げていきます。ある者は全身の血が失《な》くなって失血死し、ある者は冬でもないのに凍死し。自分の顔をナイフで削って白骨のようになって死ぬ者もいます。そうして四十人いた部隊は八人にまで減ってしまいます。少女が出るときにはいつも可愛らしいオルゴールの音が流れてきます。この辺なのです、私がリタイアしたのは」

　可児は考え込んだ。

「お話を聞いていますと、確かに恐い。ゾッとします。しかし、多々あるホラー・ムーヴィーの中ではシノプシスを見る限りもっと恐いものがいくらでもある。『悪魔のいけにえ』とか『キャリー』とか『死霊のはらわた』とか。なぜこの『コルトナの亡霊』だけが、映画館から逃げ出してしまうほど恐いんでしょうか」

　福永玲子はしばらく頬杖をついて考え込んだ末、重い口を開いた。

「わかりません。私にはわかりません。恐怖の盛り上げ方は確かにうまいけれど、でもそれだけではないような気もします。一度、映画評論家の方にお尋ねしたらどうかしら」

「適切な方をご紹介いただけますか」

「ええ。今泉民男さんなら。ホラーにも詳しい方ですし。何なら今から電話してアポをとりましょうか」

「そうしていただけるとありがたいです」

福永は傍らの受話器を取り上げた。

「ふむ。『コルトナの亡霊』ですか。客が逃げていく。なるほどなあ」

今泉民男はブランデーのグラスをなめながら何度かうなずいた。もう酒を飲む時間になっていた。

今泉は五十代半ばのでっぷりと太った男で頭髪はかなり淋しかった。この童顔はテレビでよくお目にかかる。

「この作品はスペインのカルロス・リベイロという監督が一九九六年に作った作品で、スペインの映画館でも全く同じことが起きているんだよ。観客がみんな映画館から逃げ出してしまった。それがかえって話題を呼んで空前の人々が映画館に押しかけたが、やはりみんな六十分目に退館してしまった。翌年のアボリアッツ映画祭にも出品している。ここでもジャッジや観客が途中退場した。呪われた映画だよ」

「その監督のカルロス・リベイロという人はどういう人なんですか」

「うん。元々映画畑の人ではない。大学で心理学を教えていた教授だ」

「心理学を」

「主にユングの深層心理学を教えていた。無意識とか夢とかシンクロニシティだとか、ほらいっぱいあるじゃないか」

「その人が映画を撮ったんですか」

「ああ。ただしこれ一本だけ。他の作品を作ったというデータはない」

「今泉さんがご覧になって、あの作品をどう評価されますか」

ブランデー・グラスをあおっていた今泉の顔に、一瞬〝ひるみ〟のようなものが見えた。

「やはり素人の撮った映画だね。カメラワークも悪いし特殊効果もこけ威《おど》しだ。だがね、恐怖というものの本質をやはりしっかり捉えている。最初何でもないことが段々蓄積していって視る者をどうしようもない恐怖に追いたてていく。さすがに心理学者ではないとできない構築だ」

可児は思い切って訊《き》いた。

「先生はラストの三十分間をどうご覧になられましたか」

今泉は途端にムッとなって、ブランデー・グラスをがちゃんとテーブルに置いた。

「私は後半の三十分は見ていない」

「ご覧になってないんですか」

「ああ。重要な打ち合わせがあって、試写室から退席せざるを得なかったんだ」

「嘘でしょ」

「なに」

「あの映画の試写会では全員が六十分目に退出している。先生もその一人だったんだ」

今泉は黙り込んだ。随分長い時間がたった後、ぽつりぽつりと話し出した。

「あれは映画ではない。一種の呪文のようなものだ。我々に潜在している恐怖の感情を根底から揺り動かす。あんなものは小屋にかけてはいけない。無意識に対する攻撃だ」

「………」

「可児君といったか」

「はい」

「君は〝サブリミナル〟について調べてみたまえ」

「サブリミナル効果については多少は知っています」

「一時は学界から否定されていた。百年前の論理だといってね。だが今はもっと研究が進んでいる。研究者の伊藤教授を紹介しよう」

「ありがとうございます」

研究室への坂道を登っていると、汗が胸の間や背中を流れ落ちた。四十を越えていわゆる「厄年」になってから途端に体力が落ちてきた。「厄年」というのは迷信ではない。「統計学」なのだ。四十を越えると今まで積もっていた疲れが心や体に表面化してくる。それを昔の人たちは「厄年」と表現して警告を発していたのだ。

可児は昔から生真面目な男で、酒は飲めば飲めるが、よほどのことがない限り飲まない。ギャンブルは一切やらない。女の方もからきし苦手でいまだに独り身である。女を買うこともしない。唯一の趣味といえば映画を見ることくらいだった。それが三十五歳のときに異動があって映画担当にまわされてしまった。それを聞いたときには嬉しかった。しかし実際に現場に出てみると、これほどつらいものはない、とわかった。好き嫌いを言わずに全ての映画を見なければならないのだ。ポルノ映画からホモ映画、はては『ドラえもん』まで見る。自分の趣味を職業にすることのつらさをつくづく味わった。三面にまわしてほしい。今は真剣にそれを考えている。

坂道をやっと登り切った。

そこにバラックの建物があって、「伊藤深層心理研究室」と表札があった。

伊藤貢三郎教授は、やせて小柄な初老の男性であった。かすれているがよく通る声でしゃべる。

「サブリミナル効果については学界でも肯定派、否定派、中間派といろいろあって諸説紛々なのです」

「先生は何派なのですか」

「私は肯定派のまあいわば急先鋒ですな。よく他の心理学者から『いつまでそんなことやってんだ』とからかわれます」

「しかし現実にはサブリミナル手法というものがいろんなメディアで使われているわけでしょう」

「そうです。たとえば一九九五年の五月にＴＢＳがこれをやって問題になった」

「どんな番組で使ったんですか」

「オウム真理教の取材番組です」

教授は後ろに山と積まれた書類の中から数枚のレポート用紙を探し出し、老眼鏡をかけた。

「ＴＢＳはこの番組の中で麻原彰晃のカットをほんの一瞬だけ、知覚できるかできないかのすれすれの何分の一秒かを各所にインサートして放映しました。ＴＢＳは『番組のテーマを際立たせるためのひとつの映像表現としてサブリミナル手法を用いた』と弁明しています。しかし公共のメディアであるテレビがそんなことをして許されるわけがない。郵政省はＴＢＳに対して『厳重注意』の行政指導を行いました。ＴＢＳ側も謝罪表明をしています。『視聴者が感知できない映像の使用はアンフェアであった』と言っています」

「信じられないことですね」

「天下の公器ですからね」

教授は冷蔵庫を物色して二本のコカ・コーラを持ってきた。

「坂道は汗が出たでしょう。あんまりよく冷えてないが、どうぞ」

「ありがとうございます」

可児はそのコーラをごくごくと一気に三分の一ほど飲み干した。確かに少し生ぬるかったが渇いた喉には甘露であった。

「冷蔵庫がこわれてるもんですから」と教授は笑った。

「サブリミナルというと、私の知っているのはコカ・コーラとポップコーンの話だけです」

「ああ、有名な話ですね。あれはアメリカのヴィカリィという学者が一九五七年に行った実験です。ある映画館で『ピクニック』という映画をかけておったんですが、その映画フィルムの中に五秒ごとに三千分の一秒だけサブリミナルのメッセージを入れた」

「どういうメッセージですか」

「〝DRINK COKE〟〝EAT POPCORN〟というものです」

「観客には知覚できないのですね」

「できません」

「結果としてどうなったのですか」

「六週間の実験期間中に、売店でのコカ・コーラの売上げが十八%、ポップコーンの売上げが五十八%増加しました」

「たいへんな数字ですね。それでもサブリミナル効果を認めない学者がいるのですか」

「学際的に有意であると認めないんですよ。心理学の実験というのは、基本的に大学の実験室でするものですからね」

「実験室での研究はないのですか」

「たくさんあります。サブリミナルはもともとは知覚心理学の領域だったのですが、今では広告研究、感情研究、社会心理学、臨床心理学などの幅広い分野で実証研究がなされております」

「その結果は出ているのですか」

「ええ。サブリミナル効果というものは確かに『在る』というところまでは証明されています。ただねえ。たとえば広告の分野で言いますと、広告の古典的な理論に『AIDMA《アイドマ》の法則』なるものがある。最初のAはATTENTION—注意を促す、I

はINTEREST—興味を持たせる、DはDESIRE—欲望を起こさせる、MはMEMORY—覚えさせる、AはACTION—買いに行かせる。これが良い広告の条件なのです。それをサブリミナル効果に置き換えると、A、I、D、Mまでは確かにサブリミナルで有効である。ただ最後のA、行動を起こさせるということはサブリミナルでは不可能なのではないか、そういう結果が出ております」

「なるほど」

可児は教授に今映画館で起こっている現象について話した。教授は興味深そうに聞き終わった後、腕を組んで、

「その映画はどうもサブリミナル臭いですなあ。いや、実際にアメリカでもB級のホラー映画にこの手法を使った例はあるんですよ。十六コマごとに一コマ〝DEATH〟という文字を入れた。結果、つまらない映画であるにもかかわらず、観客は非常な恐怖を覚えたと聞きます」

「死ですか。でも先生、あれはスペイン映画ですよ」

「文字である必要はない。万人に共通の不吉なイメージを入れておけばいいのです。たとえばドクロとかね」

「でも私には調べる術《すべ》がない」

「簡単ですよ。そのフィルムを借りてくればいい。カラー・ビュアーの上で一コマず

つ調べていくんです」

「わかりました。今日はいろいろとありがとうございました。コーラ、ご馳走さまでした」

ドアの方に向かって帰る際に、可児はふと教授に尋ねてみた。

「でも先生、アメリカや日本はなぜサブリミナルなんかに研究予算を投入するんでしょう」

教授は笑って答えた。

「それは米国政府が共産主義者によってサブリミナルで国民が洗脳されることを恐れたからですよ」

可児はうなずいて、研究室を後にした。

そのフィルムが、今、目の前にある。

出目ちゃんに無理を言って話をつけてもらって、閉館後の映画館から借りてきたものだ。

「フィルムに傷つけないで下さいよ」

映写技師は不機嫌そうだった。

夜の十一時だ。文化部にはもう誰も残っていない。

可児はカラー・ビュアーを持ってくると、机の下のコンセントにつなぎ、スイッチをONにした。パッと明るい光が板面に点《つ》く。カラー・ビュアーはポジフィルムなどを鮮明に見るために、内部に蛍光灯を収めた簡単な器具である。

円盤形のフィルム缶のクリップを外し、中からずるずるっとフィルムを抽《ひ》き出す。それをカラー・ビュアーの上に乗せて見ていく。

「5、4、3、2、1」と数字が出て、やがて映画のコマに移った。

「FANTASMA DEL CASTILLO CORTONA」

タイトル・クレジットだ。可児はスペイン語は全く不案内なのだが、たぶん『コルトナ城の幽霊』。邦題は直訳だろう。その文字が何十コマか続いて、やがて実写画面が始まる。ドイツ軍が村に進駐してくるところがファースト・シーンである。

可児は夢中になって、しかし慎重にフィルムを調べていった。エンド・マークが出てくるまでに四時間かかった。

無かった。

どこにもドクロとかそういった類《たぐい》のカットはインサートされていなかった。

可児は出目ちゃんのマンションに電話をした。

「はい、出目です」

眠そうな声が返ってきた。

「夜中にすまない。今、フィルムを全巻調べ終わった」

「そう。で、どうだった」

「『コルトナの亡霊』はサブリミナル手法の映画ではなかった」

「そうなの。お疲れさま」

「明日、映画館にフィルムを返しにいって、その勢いで映画を見るよ。出目ちゃんも付き合ってくれ」

「わかったわ。じゃあ、十時に小屋でね」

「よろしく頼むよ」

電話を切った。もう夜中の三時になっていた。今夜は社の仮眠室で寝ることにした。だが可児は目が冴えてなかなか眠りにおちることができなかった。

翌朝九時、可児はＪＲの駅にいた。

キヨスクで角壜のポケットサイズを買った。その場でばりばりとパッケージを破りウィスキーを取り出すとラッパ飲みした。熱い蛇がゆっくりと食道を這い下っていった。それが胃に収まってとぐろを巻くと、可児は軽い吐き気を覚えた。眠っていないために胃が荒れているのだ。

しかしなおも飲む。

出勤する人々が胡散臭《うさんくさ》そうに可児を見る。

〝アル中だ〟

そう思われているのだ。しかし可児は気にもとめない。

ウィスキーをあおりながら少し歩いて、スキー・登山用具店へ行った。これからシヤッターをあけようとしているところだったが無理矢理に入店した。十mの登山用のロープを買った。

映画館に着くと、出目ちゃんはもう先に来ていた。可児の顔を見るなり、

「どうしたの、目がまっ赤よ」

「眠れなかったんだ」

「それにお酒の匂いがする」

「これさ」

可児は背広の内ポケットからポケットウィスキーを取り出して出目ちゃんに見せた。

「どうして。普段あんまり飲まないのに」

「景気づけさ。小心者なんだ」

そう言ってもう一口飲んだ。

場内に入る。

可児は中ほどの右寄りの席を選んだ。字幕が見やすいからだ。可児はカバンの中か

らロープを取り出した。

「出目ちゃん。これでおれを座席に縛りつけてくれ」

「え？」

「ぐるぐる巻きにして思いっきり強く縛りつけてくれ」

出目ちゃんは可児の意図を察した。逃げられないように自分を縛るのだ。

「記者魂ね」

出目ちゃんは十mのロープで可児をぐるぐる巻きにして力一杯縛り上げた。女性にしては大した力だった。出目ちゃんは大学時代ワンダーフォーゲル部だったのでロープの結び方にも自信があった。

ぴくりとも動けない可児の唇を出目ちゃんが奪った。

「じゃあ後でね」

「君は見ないのか」

「まっぴらご免よ、あんな映画」

出目ちゃんはきりっと背を伸ばして歩いて出口へ向かった。ハイヒールの足音が段々と遠ざかっていく。可児はそれに連れて心細くなる自分に腹を立てた。ウィスキーを飲もうと思うのだが腕の力が全く利かない。

そのうちにちらほらと客が入りだした。平日の午前中なので客は七、八人だ。意外にも女の子が多い。

やがて開演ブザーが鳴った。場内アナウンス。

「ただ今よりお知らせ、予告編に引き続きまして『コルトナの亡霊』を上映いたします」

ケータイを切れだの、喫煙は消防法により固く禁じられています、云々《うんぬん》。CMがあり予告編があり、そして映画が始まった。

『コルトナの亡霊』

と日本語のタイトルが出て、下の方に「字幕　福永玲子」とあった。可児は冷たい麦茶を啜っている福永の顔を思い浮かべた。

映画は始まった。

雨の降るコルトナ村に進駐してくるドイツ軍。古城への駐屯。夜警の兵士二人。ひらりと一瞬通り過ぎる白いスカートの裾《すそ》。

「村の娘だ」

「犯《や》ろうか」

「犯ろうぜ」

そして翌朝。「裏返しになった」二人の死体。

次の日も、また次の日も、兵士たちは惨殺されていく。全身の血を失った者。恐怖の表情のまま凍結した者。白いレースのスカートの裾。オルゴールの音。美しく、哀調を帯びたメロディ。

兵士たちの間に不安が漂い、やがて夜警を拒否する兵士が一人現われる。指揮官はその男を全員の前に呼び出し、男の額にルガーの銃口を押し当てて引き金を引く。額にぽつりと赤い小さな穴をあけて倒れる男。指揮官は全員に言う。

「一度恐怖に捕えられた軍人はドブネズミ以下の存在だ」

話はテンポ良く進んでいく。可児は自分の中に恐怖の感情が、降り積もる雪のように凍って蓄積されていくのを覚えた。

「これか。これなのか」

蓄積されていく恐怖はいずれ臨界点に至り、それを越えるだろう。

映画が始まって一時間目に、ついに少女の亡霊がその全貌を見せた。

白くて長いレースのドレス。その胸のあたりが血に染まっている。長い髪は恐怖と苦痛のためにまっ白になっている。

少女は右の方を向いている。玲瓏《れいろう》として美しい横顔だ。オルゴールが鳴り響く。

その少女が首をゆっくりと回して正面を向く。

顔の右半分が焼けただれている。

まぶたも焼け落ちて、眼の半球が露出している。

唇もない。歯が根元からむき出しだ。

「きゃーっ」

と館内に女性の悲鳴が起こった。

その女の子は走って出口から外へ出た。

それにつられて残りの六、七人も逃げるようにして退出した。

館内にいるのは可児一人になった。できれば可児も脱出したかった。しかしロープでがっちりと固められているので、身動きひとつできない。そのとき、可児の内部から「プロ意識」のようなものが湧《わ》き上がってきた。

可児はスクリーンと対峙《たいじ》した。


「可児くん、可児くん？」

出目ちゃんが可児に呼びかけた。可児のロープをほどくためにやって来たのだ。

可児は首を前に落としてうなだれていた。

「あきれた。何て豪胆な人なの。眠ってるわ。ウィスキーなんか飲むからよ」

左様。可児はこの世で一番深い「眠り」に沈んでいた。そして、その「眠り」から覚めることは永久になかった。

DECO-CHIN

「最近はな、頭のどっかの配線が狂ってるとしか思えない若い連中が増えてきてね。唖然《あぜん》とすることが三日に一回はある」

白神《しらかみ》は苦い顔でバーボンのグラスを置いた。

僕はカウンター越し、バーテンにウォッカマティーニのお代わりを注文した。そして白神に言った。

「そうかい。でもな、昔から言うぜ。〝最近の若い者は〟って言い出したら、おっさんの証拠だって」

「松本。インプラントって知ってるか」

「インプラント？　ああ、もちろん知ってるよ」

「なぜお前がそんなことを知ってる」

「そりゃ僕が若い者向けのサブカルチャー、カウンターカルチャーの音楽誌の編集者だからさ。インプラントの子にもスプリット・タンの子にも、もちろん顔面にタトゥを入れている子にも何度も会ったよ」

「わからん。何なんだあれは」

白神は頬杖をついて僕の目を見た。

インプラントというのは丸い輪っか状の直径五〜六㎝の樹脂で、それを皮下に埋め込む。手の甲や額、胸などに埋め込む。異物排除作用は起こらず、前から見るとそこだけがぽこんと輪っか状に浮き出ている。ピアッシングも大流行《おおはや》りで、耳は勿論のこと、鼻の穴、唇、舌、ヘソ、小陰唇にピアスを入れる子もいる。スプリット・タンは舌先を蛇のように二つに分断したもの。手術はそういった身体改造専門のスタッフが行うが、外科医の資格を持っているかどうかは定かでない。本物の外科医が、今、僕の隣に坐っている男、白神だ。中学校の同級生で年に三、四回はこうして会って飲む。白神は昔から少し変わった男で、本質的には古風な男なのだが、自分の未知の領域に遭遇するとそれに対して頭から突っ込んでいくようなところもある。その辺りはフレキシブルなのだ。

共に三十五歳だ。僕は白神とは全く別の道を歩み、大学時代はロックバンドに熱中していた。が、途中で自分の音楽的限界を悟り、バンドも解散、当時ちょいちょい顔を出していたロック誌でアルバイトを始め、二年後に正社員となった。その後何社かを転々とし、今は「OPSY《オプシー》」という特殊な雑誌の編集者をしている。この雑誌はインディーズ系ミュージック、ドラッグ、アブノーマル・セックスを三本柱としたもので、反社会的若者に受けがいい。社員数を減らし、外注のプロデューサー、ライター、カメラマンを使っているので利益率は良い。月刊で十二、三万部売れている。今ではマイノリティー、パンクスのバイブルといった評価までされている。今では新しいマティーニが来た。

「で、何かい。モヒカンとかスキンヘッドなんかが白神んとこへ来て、インプラントを埋めてくれって言うのかい」

「そうなんだ。完全に勘違いしている。私は形成外科医なんだ。美容整形外科じゃないんだ。形成外科というものは人体の組織欠損、変形を矯正するものだ。それによって美的な観点から患者および他人の不快感を減少するのが目的だ。だからもともと正常なものを美化しようとする美容整形とは全く別のものなんだ」

僕は白神の言った「美的」という言葉に少しひっかかった。

「今、〝美的〟と言ったね。その〝美〟に対する感性が我々と彼らとでは違うんじゃないだろうか」

「ふむ。そこかも知れんな」

「美の概念はパラダイムと同時に変わっていくもんだ。たとえば何年か前に流行った渋谷の〝ガングロ〟。あれをだな、平安時代の人間に見せたらどういうだろう」

「そうさなあ」

白神は考え込んだ。

「……化け猫ってとこかな」

僕は微笑《ほほえ》んだ。

「ま、そんなとこだろう。ところがね、白神、その平安時代の美人の基準は何だったか、知ってるだろ」

「ああ、〝三平二満《さんぺいじまん》〟だな」

「そう。頬が満々としてる。〝二満〟だね。おでこが張って鼻は低くて顎が出てる。この三つが一直線になっているのが〝三平〟だ。この顔は現在でいうところの〝お多福〟、〝おかめ〟だ。貴族はおかめに宛ててせっせと恋歌を書いてたんだよ。それくらい、美というものは時代に流されるんだよ」

「それは解《わか》る。ギリシャの裸体像を見ると男性は必ず〝包茎〟だ。それをもって良しとしていたんだ。確かに時代とともに美意識は変わる。だがな松本。私が祖父から受けた教えはこうだ。〝身体髪膚《しんたいはつぷ》これ父母より授かる〟だ。傷つけたり粗末にしてはいけないんだ。爪一つにしてもな。それが最近の若い奴はどうだ。刺青《いれずみ》を入れてる奴の多いこと。昔なら極道博徒のみがしていたことだ。これは親子の縁を切り、堅気の世界との縁を切る、ということだ。ところが最近は女の子までがファッションで刺青を入れている。インプラント、手の甲に輪っかが浮き出ていて何が面白い。鼻の穴や乳首へのピアス。私は何の感動も覚えないし、〝美〟のかけらも感じないんだがな。自分の身体《からだ》を虐《いじ》め、奇形化して何が嬉しいんだ。どうなんだい松本」

「それは……」

僕は煙草に火を点けて紫煙をあげながらしばらく考えた。

「彼らは〝外の〟人間であることを訴求しているんだと思うよ。自分がスクウェアな社会に帰属する人間ではない、ということを信号として発している。奇形であればあるほど、世界で類のない存在になっていく。だから人体改造はエスカレートしていく。極端な例では、たとえば左腕一本を切断してしまう者までいるんだ」

白神は目を丸くした。

「ほんとかい、それ」

「ああ、そこまで行くんだ。それに比べりゃ、インプラントなんて可愛いものさ」

「それはマゾヒズムの狂気化したものではないのか」

「究極のマゾヒズムかもしれない。だがね、彼らは会ってみると意外に健全で明るく常識もある。ポジティブだよ。自分がアウトサイダーであることの証《あかし》として刺青、インプラントなどの烙印を押し、それを見る度に自己認識をしている。そこには一般社会と自己との差別化が明確に形となって顕《あら》われている。僕は彼らを責める君のような、既存社会の交通信号を守る人間よりも、どちらかというと彼らの方にシンパシィを覚えるね」

「ほう、私にケンカを売ってるのか」

「白神とはもうケンカし飽きたよ。ところで若者がインプラントを入れてくれ、と言って来た場合、白神はどう対処するんだね」

「まずここが形成外科であり、何をどう治療する所であるかを説明する。次に形成外科と整形外科の違いについて説明する。整形外科は、脊椎《せきつい》、四肢の運動器官の形態異常の矯正、機能回復を目的とする外科だ。患者はみんな重い疾患に苦しむ人々だ。だから形成外科も整形外科も、決してあなたのような浮かれ気分のファッションのために奇形化手術するようなことはしない。どうしても望むならどこかの拝金主義の美容整形外科でも探すんですな、そう言って帰す」

「皆、しょんぼりして帰るだろう」

「そうだね。ただ私は常々自分のことを〝外科医なんて大工だ〟と卑下しているが、勿論大工を蔑視《べっし》しているわけじゃない。尊敬さえしているよ。腕のいい大工を見ていると、〝ああ、自分も早くこのレベルまで到達したい〟と思うからね。外科医は大工だというのは、むしろ医学界内部での、他の内科や脳神経科などの発達に比べて外科の進化が遅々としているために言ってるんだ。メソッドに進歩がない以上、後は毎日ひたすら腕を磨き、勘を冴えさせるしかない。毎日が修羅場だ。インプラントなんかに関わっているヒマはない。わかるだろ?」

「ああ、よくわかるよ。ただな、僕はあの連中、自己傷害者、自己奇形化をする連中の感性がよく解るんだ。自分を特殊な存在にしたい。世界で唯一つの肉体の所有者でありたい。そのために、中には生理食塩水を顔に注入して人工的〝瘤《こぶ》〟を作る奴もいる。そうなるともう〝美〟とは何の関係もなくなる。天上天下唯我独怪。さっきのガングロだっておそらくはそういったとこから来てるんだ。みんな勇気があると思うよ」

「それなら松本もタトゥを入れてインプラントを埋めたらどうだい」

僕は笑った。

「僕を見ろよ。スーツを着てネクタイをしめてんだぜ。僕は既存社会の中の人間で、アウトサイダーじゃない。名刺も持ってる。肩書きは〝副編集長〟だ。作ってる雑誌は〝対抗文化〟の御旗《みはた》を掲げてはいるものの内容はエロ、グロ、ナンセンス、それにインディーズ・ロックシーンの〝よいしょ〟記事で成り立っている。だから見た目はアウトサイダー的だが正体は株式会社だ。引くべき線、ボーダーは持っている。だから死体写真などは載せない。ちゃんとした広告出稿会社の人間と名刺交換をするときに、手の甲にインプラントしてたらどうなる。雑誌経営の四十%は広告出稿で成り立っているんだ。だから僕はインプラントする資格のない人間なんだ。そういう意味では奇形化をエスカレートさせていく連中を羨《うらや》ましく思うこともあるね」

「というよりは、君はインプラントがしたいんだろう」

白神が強い語調で言った。僕は頬杖をついてしばらく考えてから言った。

「誰だって、別の人生を夢見ることはあるだろう？　違うかい白神」

二人は急に寡黙になり、僕は新しいマティーニを頼んだ。

校了日が猫足で近づいてきている。

印刷所に放り込むまでの前日三日間はほぼ徹夜になる。毎月のことなのでもう慣れてしまったが、僕は副編集長の立場上、濃いコンテンツの端から端まで、欄外の一行情報にまでじっくりと目を通さねばならない。色校が出たら出たで、写真の見当ずれ、モアレ、色調整、トリミングの可・不可まで凝視する。決して健康にいい仕事ではない。よく遠い目をしたモヒカン君が雇ってくれ、といってやってくるが、そういう子には四百字一枚の作文と、世界地図を書いてもらうことにしている。百人中百人、文は文章の体《たい》を成しておらず、誤字を怖れて平仮名だけで書く奴もいる。世界地図に至っては噴飯もののオンパレードだ。アリューシャン列島の辺りに中くらいの島が有って、そこに「満州」と書かれていたりする。アメリカとイタリアが地続きになっている地図もあった。毎回それが夜の酒の肴《さかな》になる。僕たちはそれをカウンターの上に広げ、腹をかかえて笑い転げる。

この商売をしていて胃に穴をあけない者は珍しい。円形脱毛症などは日常茶飯事だ。編集も大変なら営業も大変だ。取次店や出稿元の企業の間を走り回っている。広告主は一部上場企業もあれば風俗チェーンのエロおやじまで多種多様だ。詐欺商法、各種団体、裏世界のとば口まで踏み込むことだってあるが、こいつらは金を払わない。内容証明付きの文書を送ろうが何しようがお構いなしだ。半分命懸けで取ってきた手形が、割ってもらえない手形だったり不渡りだったりすることも稀《まれ》ではない。

こうして出来上がった雑誌を毎号拝む思いで取次に搬送するのだが、それで終わりではない。完売すれば文句なしだが、返本の山ができる号もある。俗に「二八《にっぱち》」というが、本当に二月八月は返本で頭を抱えることになる。返本はバックナンバーとして一応貸倉庫に保管しておくが、三月末には全て断裁処理して紙屑とする。うちの会社は四月締めの決算だ。本を大量に保管していると、それは「資産」と見なされるので税務上不利益をこうむる。だから精魂込めて創《つく》った、自分の分身のような雑誌を断腸の思いで紙屑にするのだ。

だいたい昼は一時か二時に出社。ゲラを校正したり、作家と打ち合わせをしたりで日が暮れる。僕はインディーズ・ロックの担当だから、ほんとうの仕事は六時を過ぎてからだ。事前にチェックしておいて、ライブハウスを二〜三軒回る。バンドのライブ写真は僕が撮る。プロのカメラマンを雇うだけの予算はないからだ。面白いバンドがいればライブ後の楽屋に行ってインタビューする。レコーダーは必ず持参している。ミュージシャンは、ステージはアグレッシブでも、素顔は生真面目で考え込みがち、といったタイプの人間が多い。しかし、たいていは何かやっている。イリーガルかリーガルかは知らないが、何かやっている。一ステージ一時間でフォアローゼズを一本空にしたヴォーカリストもいた。そんな奴等からまっとうな答え、考え方を引っ張り出すのはかなり困難なことだ。しかし僕はやる。十五年間この手の仕事をしてきて、自分なりのノウハウとタクティクスを保持しているからだ。

それにしても最近の若手バンドは詰まらない。本当に詰まらない。例えばバンドのヘッドが若い女の子だとすると、彼女の音楽の根底は「お母さんがいつも聴いていたから自然と好きになった戸川純」なのである。その戸川純を妙に歪《ゆが》んだ解釈をして、よりエキセントリックでドロドロした曲を創り、怨念を込めて歌う。商売だから観ているものの、内心は、他人の腐った臓物をなすりつけられたようで、大変に立腹している。

それでもインタビューを録《と》り、多少〝よいしょ〟した記事を書かねばならないのだ。

それでさえ編集長の三波からは、

「辛口過ぎる」

と、GOサインが出ない場合が多々ある。毎日が口論だ。今日もそうだった。取材に出ようと六時くらいに、背広を着ていたら、三波編集長が僕の後ろに立った。

「松本君、今日はどこへ行くんだ」

僕は振り向いて答えた。

「はい。まず下北沢の〝Que〟へ行って〝A MEDICAL DOCTOR FOR THE DOCTORS〟を観ます。それから新宿ロフトで〝THE RED SKELETON〟、それに続いて出る〝GROSORALIA〟を観ます」

編集長は眉をひそめて言った。

「どうも旬じゃないな。そのうちどこか一つを削って、こいつらを取材してきてくれんかね」

三波は一枚のピンク色をしたCDを僕に渡した。見ると、五人の男が座禅を組んで目をつむっており、その頭上に赤い文字が入っていた。

「〝THE PEACH BOYS―THE HEAVY BLOOM OF PUNKS〟。先月CDデビューしたばっかりのバンドですね。僕、これ聴きました」

「旬だよ、旬」

僕は居心地の悪い思いになった。いつもそうなる。

「お言葉ですが編集長、この子達は唯のコミックバンドですよ」

「コミックバンド？」

「歌詞は駄洒落、語呂合わせ、アナグラム、そんな物ばっかりです。ダブルミーニングを使うほどの知能もない。内容が空疎です。音は自称しているように、ビーチ・ボーイズを意識していますが、あのディミニッシュ・コードみたいな、結果的にそうなってしまった下手糞なハモ。あのハモで『ピーチ・ボーイズ』を名乗るのはビーチ・ボーイズに対する侮辱です。このCDのバッキングは多分スタジオミュージシャンでしょう。そんなシロモノのライブを観に行けとおっしゃるんですか」

三波は困った顔になって僕を見た。

「うーん。しかしねえ、松本君。URAの近藤社長からプッシュが入っとるんだよ。あそこは下手なメジャーよりでかいインディーズの会社だ。そこが売る気でいるんだ。近藤は〝三万は売る〟と言ってたよ。インディーズで三万枚というのがどういう数字か、君なら先刻承知だろう」

僕は口答えした。

「バカが作った音楽をバカに売ろうってんですね。よくある事だけど。しかしいくらパンク野郎がバカだといっても、そんなバカが三万人もいるかなあ」

三波は声のトーンを少し高めて僕に言った。

「メディアとしての『ＯＰＳＹ』の価値は〝青田買い〟にあるんだ。どこよりも早いビジュアルと評価。それが大事なんであって、君は極力主観を排したレポートを読者に届けねばならない。それが君の仕事だ。レコード会社とＯＰＳＹは持ちつ持たれつの関係だ。人という字はどう書く。え？　こうだろ」

三波は両手を僕の前にかざした。右の握りこぶしから人差し指を一本立てて、

「一人と」

次に左のこぶしから立てた人差し指を、先の右手の人差し指に重ね、互いにもたれ合う格好にした。

「一人と一人が……。寄り添い合ってそれで初めて〝人〟という字ができるんじゃないか。レコード会社とメディアだって同じことだ。支え合って初めて〝人〟、つまり〝人気〟になるんだよ。違うかい、え？」

僕は背広の襟を正しながら答えた。

「お言葉ですが編集長。それは〝人〟という字ではなく、〝入れる〟という字ですよ」

三波は黙ったまま無表情に自分の作った文字を眺めていた。

「わかりました。下北沢をカットしましょう。何時にどこですか」

「七時。渋谷クアトロだ」

「では行ってきます」

「ありがとう。君にはいつも感謝してるよ。電話を入れとくから向こうでバックステージ・パスをもらってくれ」

僕は返事もせずに、エレベーターまで歩いていった。

驚いたことに、クアトロには百人以上の客が来ていた。この店はスタンディングにすると四百人くらいは入るが、今日はテーブルと椅子を出しているので百人も来れば満員御礼といった感じになる。僕は二、三十人くらいの客数を想定していた。長年の経験から推測したのだ。不況はロック界にも演劇界にも痛打を与えている。客はチケットを買うのに慎重だ。何年にもわたってこつこつとツアーを重ね、少しずつファンを得てきたバンドならば話は別で、ここをスタンディングで満員にしても不思議はない。しかし「ピーチ・ボーイズ」は多分プロダクションがオーディションをして五人を選び、何カ月か特訓をして〝創り上げた〟バンドだ。このバンドがライブ活動をしているという情報に僕は触れたことがない。そんなものがCDを出したからといっても、インディーズの情宣力は乏しいのだ。客が百人も来る訳がない。なのにハウスは人で溢《あふ》れていた。八割くらいは二十歳《はたち》前後の女の子だ。フライヤーをいくら飛ばそうが、無名の新人バンドのワンマン・ライブに百人も女の子は来ない。僕は首をかしげた。

〝ネットだな。ネットを使って何かとんでもないイメージ情宣を流したんだ。それもあっちからこっちからあの手この手で。プロダクションのアイデアじゃないな。近藤だ。URAがネット上で何かトンボをきるようなことをして見せたんだ〟

そうとしか考えようがなかった。

かろうじてありついた椅子席で煙草を吸っていると、時間がきた。客電が落ちた。ステージ上には暗幕が張られている。やがて場内に低く太く聞き覚えのある、そう、小林克也のナレーションテープが響き渡った。

「NOW, LADIES AND GENTLEMEN. TONIGHT IF YOU ARE HUNGRY, EAT THEM, EAT THEM, EAT AND EAT THEM. HERE THEY COME, LET ME INTRODUCE, THE PEACH BOYS !」

するするっと暗幕が上がった。幕内に溜《た》められていたドライアイスのスモークが舞台から溢れ、客席に向けて放たれた照明のために五人の人影が逆光になって見えた。一人が中央のマイクをつかむと叫んだ。

「ARE YOU READY ? WE ARE THE PEACH BOYS !」

ドラムスのフィル・インから一斉に演奏が始まった。照明が変わって、ステージがピンク色に染められた。

エレクトリック・ギター、ベース・ギター、キーボード、ドラムス、そしてヴォーカルは得物無し。手ぶらで身体をリズムに合わせて揺らせているが、ステージ慣れしていないのだろう、動きが微妙に全体のリズムと喰い違っている。

僕は順番にメンバーを見ていった。

ドラムスは、ヤマハのドラム・スクール初級者コースを、そろそろ卒業しましょうか、ぐらいの腕だ。両耳にイヤフォンをつけている。多分リズムマシーンの音を流し、それに合わせているのだ。E・ギターは下手ではないが弾き方がフォーク・ギターのそれだ。ベースは上手《うま》いのか下手なのかよく解らない。コードの根音だけをぼーんぼーんと弾いている。キーボード。こいつは要注意で、けっこう上手いな、と思ってじっと見ていると、解った。シーケンサーをラインでキーボードにつなぎ、楽器のアウトプットからシールドをアンプにつないでいる。つまりこいつはコンピュータに記憶させた楽譜をキーボードでチョイスした音色にしてアンプで再現する。要するに〝弾いてるふり〟をしているだけなのだ。

ヴォーカルは甘味も苦味も旨味《うまみ》もない、無味。癖が無いというのは賞《ほ》め過ぎだろう。Bメロ（サビ）に入る度に、ドラムス以外の三人がコーラスに参加するが、三人ともピッチが非常に悪い。このコーラスは「枯木も山のにぎわい」という奴で、無い方が良い。

歌詞はよく聞き取れなかったが、

♬僕は好き
君の桃が好き
ピーチ、ピーチ、オン・ザ・ピーチ
かぶりつきたいよお〜♪

みたいなモノであった。

僕はカメラを出してきて、二枚ほど、アングルを変えて撮った。フィルムがもったいなく思えた。

会場を一旦《いったん》出て、エレベーターホールの地べたに腰を下ろし、ポケットの煙草を探す。

「何という……」

僕は思った。

「何という無為な人生だろう」

仕事だ、商売だ、プロだ、メシのためだ。今までそうやって自分に言い聞かせ、なだめすかして「仕事」をし、口を糊《のり》してきた。結婚もしないまま、この十五年間働いてきた。走り続けてきた。が、「徒労だった」

そう、徒労。僕の人生は、虚構のために費やされてきたのだ。何というでっかい空振りだ。

頭が痛む。少し眠ろう。あのバカどもの写真は、エンディングの二曲くらい付き合えばゲップが出る程撮れるだろう。あと、三、四日したらまた徹夜が続くぞ。今なら少し眠れそうだ。そうだ、少しだけ眠ろう。

とろっと柔らかな眠りに落ちる瞬間にチラリとこう思った。

「もう二度と目が覚めなきゃいいな」

人間の眠りというものは四十五分周期で深くなり、浅くなるそうだ。

はっと目を覚ましたとき、まずそれを考えた。自分は四十五分眠っていたのか、それとも一時間半眠っていたのか。九十分眠っていたなら今夜のライブはとっくに終わっているだろう。ピーチ・ボーイズのレパートリーなら、よく持たせて六十分。それ以上は不可能だ。

のろのろと立ち上がり、再びライブハウスに入る。入口の女の子にバックステージ・パスを見せて通してもらう。

連中はまだやっていた。ヴォーカルがMCをしているところだった。

「え、今日は皆さんほんとにありがとう。いよいよラストのナンバーになってしまいました。僕たちザ・ピーチ・ボーイズのシングル・カット。ちょっぴりエッチな、お寿司の歌です。ラスト・ナンバー、『THE SUSHI BOYS』ＯＫ、カモン、レッツ・ゴー！」

ジャカジャーンとギターの一発が入って一斉にＧＢ♭ＧＦのリフが数回リピートして、ヴォーカルが歌い始めた。

♬おれのあそこは　小僧寿司
それでもあの娘《こ》は穴キュー
握りっ放しでトロトロ
イカしてイカしてシンコ巻き
もう　バッテラ～♬

僕は歌なんぞ聴かずに、ハウス内をうろつき回り、とにかくバシャバシャ写真を撮りまくった。

ラストのリフが終わると、パシュッと銀打ちが放たれ、ステージ上空から小さな銀色の紙片がキラキラ輝きつつ無数に舞い降りてきた。

「じゃあね、みんな。今度は紅白でね」

ヴォーカルの一言を残して全員が銀のみぞれの中を退出していった。

暗幕が降りた。

客席がざわざわしている。みんな帰る準備を始めているのだ。僕は思った。

〝今日みたいな夜は、誰にも会わずに一人で飲もう。高級ホテルの三十階くらいの高級バーで、このくだらねえ街の夜景を見下《みくだ》しながら、持ってる金を全部使って、ベロベロになるまで飲みまくってやろう。そして全部「打ち合わせ費」にして会社に払わせよう。編集長にリベンジだ。この俺様に愚劣なものを観させおってからに。ところで金持ってたっけ〟

僕は財布を出して中身を確認しようとした。と、その時、暗幕の前に一人の男が立ち、ワイヤレスマイクで話し出した。四十前後の渋いスーツを着た男で、少し後退した額がなぜか知的な印象を与える。男は言った。

「え、私、当ライブハウスの支配人五百鬼頭《いおきず》でございます。本日は御来場まことに有難うございました。まだニューフェイスですが、これから大きく伸びるであろう桃の木『ザ・ピーチ・ボーイズ』のライブ、お楽しみいただけましたでしょうか。ところで各情報誌、フライヤーには『ザ・ピーチ・ボーイズ』の名しか出ておりませんので、彼らのワンマン・ライブだと思ってお越しのお客様ばかりだと思いますが、実はそうではございません。この後にもうワン・バンドの演奏がございます。彼らをご覧になった方は少ないと思います。年三回くらいしかライブをやらないバンドだからです。このバンドは、その、何と言ったらよろしいでしょうか」

半腰になっていた客が徐々に席に坐り始めた。僕も奥のテーブルの椅子に腰かけ、男の話を聞き始めた。男は話し続ける。

「〝ユニーク〟という表現がありますが、その〝ユニーク〟という言葉をぶっ壊してしまう程の存在感を持つバンドです。演奏力には舌を巻くものがありますが、そんなことよりも、〝稀有《けう》〟。そう、日本のみならず、世界でも稀有なバンドなのです。もう、ごちゃごちゃ言わずに早くご紹介しましょう。『THE COLLECTED FREAKS』！ザ・コレクテッド・フリークスですっ！」

途端にバスドラムの音が、ドッドッドッドッと心臓と同じリズムで鳴り始めた。同時に暗幕がゆっくりと上がり出した。ドラムスのスネアが、ハイハットが加わり出した。それらが絡まり、うねり出した上に、タムタム、テナードラム、シンバルが参加し、ついにドラムセットはフル稼動し始めた。リズムは最初の心臓リズムから少しずつテンポアップしていき、最終的には人間の叩ける最速の部分で定着した。おそらく三十二分の三十二拍子くらいだろう。上手い。上手いなんてもんじゃない、素粒子レベルの波とうねりだ。それに時々どう考えても人間には不可能なビートの絡みがある。ドラマーが二人いる？　最初僕はそう思った。

幕が上がり切って照明が当てられたその時、この「ザ・コレクテッド・フリークス」の全貌《ぜんぼう》が明らかになった。奥中央にセットされたドラムス用椅子に坐っている男は左腕は普通だが、右の腕が二本有った。おそらく肩関節も二つあるのだろう。右の二本が別々に独自の動きをしている。つまり彼は三本のスティックを握り、それをフルに使ってドラムスを叩いているのだった。超絶技巧が軽々と叩き出されるのはそのおかげなのだ。

ベースのリフがドラムスに加わった。密林をアナコンダが這《は》っていくようなうねり具合の重低音。ベーシストは小人症の男性だった。子供のような顔つきをしている。おそらく下垂体性小人症だろう。ヒト成長ホルモンの欠乏によるものだ。

このベーシストは身長が百㎝くらいだ。ベース・ギターというのは長大なシロモノだ。手が届くのかしらんと思って見ていた。やはり彼は楽器のボディを身体の右横の空間へ押しやり、ネックの部分のみを身体の前に位置させ、ネックの上で演奏していた。左手でフレットを押さえ、右手の人差し指、中指、薬指を太いゴム紐《ひも》で括《くく》り合わせ、それで太い弦を下から上へ弾き上げている。ただ、たまにリフの合間に親指を使ってチョッパー奏法で味を付けたりしている。テクニシャンだ。

突然、ギュイーンという耳をつん裂くような轟音《ごうおん》に不意を突かれた。ギターが始まったのだ。

ギタリストは巨人症の大男だった。身長は二百三十㎝くらいか。巨人症に特有の顎の出た面相をしている。だが顔立ちは整っている。ことに目が大きく白目が青味がかっていて美しい。頭髪は短め。角刈りに近い。よく肥《ふと》っている。体重は多分二百㎏あたりだろう。特筆すべきは彼が「三台」のギターを装備している、ということだろう。一台目は彼の両鎖骨の下あたりにぶら下がっている。これはガットギターだがマイク内蔵なのだろう。アウトプット・ホールからシールドが伸びている。二台目は一台目のすぐ下、彼の胃の前くらいの所に有る。三台目は電気十二弦ギターで、これは彼の下腹部周辺に有る。この二台はフェンダー製のヴィンテージ・エレクトリック・ギターだ。これらが実際に使用される、つまりこけ威《おど》しのデコレイションでないことは、配線を見れば一目で解る。ギターアンプがいつの間にか三台に増えていて、三台のギターが三台のアンプにシールドで接続されている。中には途中でエフェクターをいくつか噛ませたものもある。今、彼が弾いている真ん中のギターがそれだ。ディストーション、ディレイ、オーバードライブがいい味を出している。

今、彼はベースとドラムスに合わせてインプロビゼイション（アドリブ）を弾いているのだが、彼のギターには他のミュージシャンにはない味わいがある。なぜなら、彼は指も身体に合わせて大変太いので、一本の弦だけを押さえるということができない。最低でも一本の指で二本の弦を押さえてしまう。だから彼のインプロビゼイションの音は全て二音ないし三音の和音によって構成されているのだ。これはジャズギター、チェット・アトキンスやレス・ポールと理屈は似ているが、彼が弾いているのは紛れもないロックンロールそのものだ。

僕が見ていて驚いたのは、彼が三本の弦をチョーキングして、一・五〜二音を上げたとき。それと彼が剛力をちょいと出してギターのネックを前に向かって折れる寸前まで撓《たわ》め、弦の張りをゆるめて三〜四音下げて見せたときだった。トレモロ・アームが付いておればあれに似たことはできるが、似て非なるもの。常人にできる技ではない。

彼はビートの利いたセブンス系のフレイズをゆっくり楽しむように弾くが、速く持っていくときには信じられない程に速い。要するに緩急自在の弾き手なのだ。フレイズの抽出《ひきだし》は無限にあるように思える。それらを紡《つむ》いで音のラインを描いていく訳だが、そのスケッチは味わうと辛口のロックンロールだが、どこかに大男特有の優しさが感じられる。そんなプレイだった。

一曲目が約七分で終わった。最後の盛り上がらせ方も見事なものだった。バンドの全員が客に一礼する。百人程の観客だが、まさに万雷の拍手である。僕もありったけの力を込めて拍手を送ったが、途中でふと疑問を抱《いだ》いた。

〝今の演奏にヴォーカルはなかったけど、このバンドってインストゥルメンタル・バンドなのかな〟

この疑問には大巨人がマイクで答えてくれた。巨人症者特有のくぐもった声で、

「ありがとう。ザ・コレクテッド・フリークスです。でもさあ、大巨人に超小人にトリプル・アームズのドラムス。男ばっかりだ。むさ苦しいじゃねえか。歌姫たちを呼ぼうぜ。こいつらなんだよ、俺達奇形人をコレクトしたのはさ。悪い娘っ子だよ、まったく。いいな、呼ぶぜ。ヘイ、カモン・ガールズ！」

プシュッとスモークが焚《た》かれ、一人の女性が現われて舞台中央のマイクにゆっくり歩み寄ってきた。大巨人は確か〝GIRLS〟と言った。しかし出てきたのはスモークで定かではないが一人の女性のフィギュアだ。真紅のチャイナドレスを着ている。脚部には深いスリットが入っていて、眩《まぶ》しい程に白く美しい脚が時として腰下まで見え隠れしている。大変エロティックだ。

スモークの霧が晴れて、女性の頭部が見えた。双頭だった。肩の上に全く同じ造作の顔と首が並んでいる。ぱっちりと開かれた目は大きく、インドの女神像を彷彿《ほうふつ》とさせる、澄んで、愛らしい美眼だった。反対に鼻は小さく控えめ。そのすぐ下に在る口も幅はせまい。しかしその上下の唇は円《つぶ》らで紅く濡れ、どこか異国の果実のように妖

艶、肉感的だった。その蠱惑的《こわくてき》でチャーミングに整った顔々が我々を見渡しているのだ。アルカイックスマイルのような謎めいた微笑をかすかに浮かべて。

全ての客が沈黙して「彼女達」を呆然として見詰めていた。僕もその一人だ。「彼女達」のチャーミングさが与えた耽美的《たんびてき》なショック、そしてそれらが一つの胴体手足の上に並んでいるという事実の奇異さ。この二つのショックの中で僕は混乱していた。彼女達の年齢はよく解らないが、二十五、六くらいに思えた。

右の方の頭の女性が、マイクに向かって話しかけた。

「あたし達はザ・コレクテッド・フリークスのヴォーカルを担当しています。ご覧のようにシャム双生児です。シャム双生児の中でもかなり珍しい一体双頭の奇形です。私の名前は、〝ああ〟。そして彼女の名前は」

もう一つの頭が透明感のある声で答えた。

「〝あああ〟といいます。あたし達は、奇形人の天職として、皆さんに音楽を届けます。楽曲は全てオリジナルです。ご退屈でしたらどうぞお引き取り下さい。では『IN THE DEEP FOREST』という曲を演奏します」

同時に大巨人が一番下の電気十二弦をアルペジオで弾き始めた。バロック調のスローな曲だ。十二弦の甘酸っぱい音色がリュートやハープシコードの音感を醸し出している。Am、Dm、E_7を使ったシンプルな曲だが大巨人はクラシックにも練達しているのだろう、美しい装飾音をたまに入れながら前奏を進めていく。ベース、ドラムスが入るとそれは聖歌隊の前奏の香気を放ち、荘厳な教会に我々が居るような錯覚を与えた。

やがて双頭の女性が歌い出した。最初は高音のユニゾンで、そして後半は完璧なハーモニーを共鳴させた。

♬昔、人無き森陰に　墓を護《まも》れる姫在りて
奥津城《おくつき》深く銀《しろがね》の　時の亡骸《むくろ》は饐《す》えて有り

月が欠ければいやましに　細く鋭く爪を研ぎ
月満つ夜は嫋々《じょうじょう》と　紫淡く歌を織り♪

ここで大巨人が鎖骨下に下げていたクラシックギターでソロを弾いた。ガットギターでナイロン弦だが、それをピックアップするデジタルマイクを内蔵している。アンプからは十分な音量が出る。スパニッシュを大幅に取り入れた演奏だ。ふと見ると小人のベーシストはチェロに使う馬毛の弓で弦を擦《こす》って発音していた。ドラムスはコツコツとスネアのエッジを叩くだけ。たまにここぞという所でシンバルを入れる。

間奏が終わって歌の三番が始まった。

双生児のユニゾンが神々しく共鳴する。

♬摘みし葡萄《ぶどう》に指染めて
絃《いと》無きリュート掻《か》き鳴らす
想へば眠りの浅き夜《よ》に
御身《おんみ》の姿の白きこと
御身の姿の白きこと
御身の姿の白きこと♪

最終伴奏がワンコーラス分あってそれに女の子の軽いスキャットが彩りを添え、Amの長い終音《カデンツァ》で演奏は終了した。

僕は客席でくわえ煙草の火が燃え尽きるのにも構わず聴き入っていた。唖然として いて拍手を送ることも忘れていた。

他の客も同じで、場内はしばらくシーンとしていた。感動の余り拍手することを忘れたのだ。約六秒ほどの静謐《せいひつ》の後、猛然たる拍手の大爆発がはじけた。

この音楽は日本にかつて存在したことのない音楽だ。疑似古典主義の形態を借用しているが、醸し出すフレイバーは古今東西のどこにも無かったものだ。詞もいい。北原白秋や西条八十《さいじょうやそ》の作品だろうか。いや、そういう詩人たちは美しい言葉を美しく紡ぐが正体はセンチメンタリズムだ。今の歌にそういった物はなかった。彼らは明治・大正の古本の山の中からあの詞を見つけてきたのだろう。僕はこの大ワシのような曲にぐっとつかまれて空高く連れて行かれた。

演奏はその後四曲プレイされた。

最初の音楽は中近東音楽をロック化したものだった。何をどう工夫しているのかは解らないが、大巨人はギターでアラブ音楽を奏した。アラブ音楽は西洋音楽と違って「半音の半音」つまり四分の一音を駆使する。それによってあの官能的な音の綾《あや》を織り出すのだ。ギターは半音ごとにフレットで区切られているから四分の一音を出すのは構造上不可能だ。

しかし大巨人は何をどうしたのか知らぬが四分の一音を何十回と出してしまったのだ。

ああとあああの歌は日本語で、内容は村の生活の描写。

〝私の家の裏の川には、時々豚が流れます〟といった短いセンテンスのデッサンが、二人の掛け合いで点描法のように歌われる。楽しくウィットに富んだ曲だった。

二曲目はスピーディなメロコアで、大巨人がクライベイビー（ワウワウ）とファズを使って七〇年代風の超バカテクをちらりと見せた。この男は賢い。〝弾かずにいる〟のも高度なテクニックの一つだ、という事をよく知っている。ミュージシャンの中にはやたら音の壁で四周を隙間なく塗り固め、音の砦《とりで》を造ろうとするタイプもいる。が、ふと上を見ると天井ががら空きで、全部丸見えだったりする。頓馬《とんま》で笑えるが、こんなのに仕事で当たって九十分聴かされたりすると、〝工事現場〟の騒音の中にいた方がむしろ良いような捨て鉢な気持ちになることもある。

ああとあああも元気一杯だった。二人は自分の高音の限界をはるかに踏み超えて、宇宙遊泳に出た。つまりファルセットを使い、もの凄いシャウトをして見せたのだ。手に汗握った。

ああがマイクに向かって言った。

「次は短い歌を歌います。子供用の歌です」

大巨人は一番上のガットギターでポロロンと和音を奏で始めた。大巨人に弾かれると、ギターはまるでウクレレのように見えた。

♬笛ひとつ吹けば
星ひとつ降り
笛ふたつ吹けば
星ふたつ降り

笛吹けば　星が降り
笛吹けば　星が降り
夜明け前にもう一度
哀しめ♪

たったそれだけの歌だった。美しいが短い。

だが僕の胸深くに、ぽっかり口を開けていた傷口が、誰かの手によって優しく縫合されたような、そんな感銘を受けた。

最後の曲が始まった。実はこの曲のことをあまり覚えていない。僕の頭は「音楽酔い」していて、フリークスの演奏を聴けば聴くほど頭の中が酔ってくる。ビジュアルイメージと言葉とメロディと器楽が心に龍巻をおこし、ふらふらになって思考能力を失わせる。「受ける」「感じる」だけの存在になってしまう。彼女達のチャイナドレスのスリットから見え隠れする脚線が僕をエレクトさせる。アクメを抑えるためにはかなりの努力を要した。こいつらはまるでドラッグだ。しかも僕はそいつを六曲も注射されてしまった。

最後の曲はイントロにベースの長いソロがあって、その後全員参加のロックンロールが爆音を引き連れて始まった。覚えているのはああとあああが互いに首をねじ曲げてディープキスをしたこと。大巨人が小人を肩車して互いに楽器を弾きながらステージ上を走り回ったこと。彼女達の歌う詞が非常にアグレッシブなものであったことだ。壮大な演奏が終わり、ああとああが同時にユニゾンでマイクに語りかけた。

「皆さん、今夜はありがとうございました」

ああが後を受けて言った。

「今度また皆さんにお会いできるかどうか、それはわかりません。なぜならこのバンドは、いつ、どこで、何時にプレイするか、そういった告知を一切しないからです。お会いできるかどうかは運命次第です」

ああが代わった。

「あなたのそれが良き運命であることをお祈り申し上げます。今日はほんとうにありがとうございました」

ステージに楽器を置いて全員が立ち去った。すぐに若いスタッフ二人が舞台に上がり、楽器類を回収して去った。こういうケースでの楽器盗難はたまにある。慣れたスタッフだ。激しい拍手はなかなか鳴り止《や》まなかった。だがアンコール・プレイはなかった。やがて客電が点いて、さすがに諦《あきら》めた客達は帰る準備を始めた。その時、僕はEXITを出て廊下を走り始めていた。突き当たりの「関係者以外入室厳禁」と明示された扉をはねのける。狭い廊下が少しあって、そこに三つの楽屋があった。コレクテッド・フリークスは第二楽屋に居た。戸にバンド名を書いたプレートが貼ってあったのでそれと解った。

その隣の第一楽屋は大変うるさかった。ピーチ・ボーイズの連中が酒に酔ってはしゃいでいるのだ。若い女達の嬌声《きょうせい》も耳に入った。それに比べるとフリークスの楽屋は物音ひとつしない。

僕は大きく息を数度して、魅惑され混乱した自分の心を可能なだけ鎮静させた。しかし手がまだ震えている。その震える手でドアをノックした。中から、

「はい」

という涼やかな女声がドア越しに返ってきた。

「あ。入ってよろしいでしょうか」

「どうぞ」

僕はドアを開け、中に入った。

中ではああとあああがチャイナドレスを脱いで、Tシャツとジーンズに着替えている最中だった。

「あ、すみません、お着替えでしたか。失礼しました」

「いいえ。後はジッパーを上げるだけですから」

とああ。あああが尋ねた。

「どちら様？」

「はい。月刊ＯＰＳＹの副編をやっています松本と申します。初めまして」

「ＯＰＳＹ？」

太い声が聞こえた。大巨人だった。彼は三台のギターをハード・ケースに収め、シールド類やエフェクター類を一つのバッグに詰めているところだった。

「悪いけどなあ、俺はＯＰＳＹは大嫌いなんだ。エキセントリックでグロテスクだ。カウンターカルチャーか何か知らんが、若い連中を誘導して異界へ導いてだな、あんた達の描いた絵そのままの新しい文化をでっち上げようとしている。な、そうじゃねえのかい？」

小人がベースを布で拭きながら甲高い声で言った。

「僕もそう思うね。ＯＰＳＹは汚れた雑誌だよ。取材ならお断りするよ」

僕は微笑んだ。彼らの言う通りだ。ＯＰＳＹは腹黒い腐った、既にもう終わった雑誌だ。認めざるを得ない。だから僕は胸ポケットから取り出して、いつ誰に渡そうかと考えていた自分の名刺を彼らの眼前でゆっくりと引き裂いた。そして言った。

「今夜はＯＰＳＹの記者として取材に伺ったのではありません。一人の音楽愛好者として来たのです。来ずにおられなかったのです。ですから無論レコーダーもカメラも使いません。会話を記憶して記事に投影させるといった事も絶対にしません。出版社の看板は今、外しました。その上で何分でもいい、お時間を頂けませんでしょうか」

大巨人が作業を終えて、床にどっかりと胡座《あぐら》をかくと太いハバナに火を点けた。彼が手にする葉巻は、僕たちサイズの人間がシガレットを持った、くらいの比率に見えた。大巨人はにっこり笑うと、言った。

「そういうことなら、ああ、いいよ」

僕も煙草に火を点けて、一服してから言った。

「僕は四歳からピアノを始め、中三くらいからブルーズ・ピアノを覚え始めました。やがてシンセサイザーやハモンド・オルガンも揃え、ひたすら毎日ロックを練習していました。一日に十二時間キーボードに向かっているような日々でした。そして大学へ行って、厳選したメンバーでバンドを組みました。楽曲も沢山書きました。バンドは日に日に息が合っていき、それに連れてファンも増えていきました。僕は舞い上がりました。うちこそ、誰にも負けない日本でトップのバンドだ、と思っていました」

「その頃の音源残ってます？　聴いてみたい」

とあああが言った。

「音源は全て捨ててしまいました。現実が僕の他愛もない夢を打ち砕いたんです。僕はバンドを世界レベルにまで引っ張り上げるために、ジュリアード音楽院に入学しました。そこに三カ月居て気づきました。あ、こりゃ駄目だと。あそこには本当の天才がごろごろいるんですよ。左右の指が一本ずつ無いドイツ人のピアニストがいました。天才でした。僕が十指を駆使して挑んでもそいつの片腕一本に負けてしまう。上を見ればキリがない。僕は自分の限界に気づきました。日本に帰ってバンドを解散し、食わなければなりませんから、以来、音楽評やコラムを書いて生きてきました。この十五年間、大変な数のバンドを観てきましたが、心から酔わせてくれたバンドは唯の一つも無かった。今夜貴方達《あなたたち》の演奏を観るまでは、です」

「気に入ってくれたんだ」

とああが微笑んだ。

「気に入るとかそんなレベルじゃない。魂を丸ごとどっか知らない世界へ持っていかれたんですよ」

「それは私達が奇形だから？」

「いえ、違います。それは付加価値です。貴方達は自分のハンディをテコのように逆転してメリットにしている。その姿には感動しました。しかしそれよりも奇形ゆえに可能な音楽性の高さ、ビジュアル的なスペクタクル、ああさんとあああさんの官能美。それらが混然となって僕の心を歓喜させたんです」

あああはにっこり笑うと、ジーンズのポケットから細く巻いた煙草状のものを取り出し、私に差し出した。

「よろしければどうぞ」

「麻ですか」

ああは首を横に振った。

「サルビアの三十一倍濃縮よ」

僕はそれを受け取り、点火し煙を吸い込みながら尋ねた。

「どうして自分達のライブの情報を流さないんですか」

ああが答えた。

「追いかけられると困るから。ファンが増えてブランドになったりしちゃ嫌でしょ。だからメディアにも出ないし、ＣＤも出さないの。いつでも神出鬼没よ。風のように吹き過ぎる音楽でありたいの」

僕は頷《うなず》いて、またサルビアを吸った。

「今日の二曲目の歌詞は何という歌人が書いたんですか？　明治、大正、昭和。いつ頃の何という人ですか」

ああとああが顔を見合わせてくつくつと笑った。

「あれはああと私が二人で書いたのよ」

「ほんとに？　信じられない」

「二人でね、電子辞書で遊んでいたの。気になる単語とかを昆虫みたいに採集して、それをあのリングの付いた単語カードに写して、それをベッドの上に広げて、吸い着き合う言葉と言葉をくっつけたりして紡いで遊んでたらあの詞になったの」

「曲はウォーキング・トールが書いてくれたの」

僕は二人の美しい顔を交互に見ながら、腹を決めた。

「一つお願いがあるんだけど」

「なに？」

「僕をこのバンドに入れてくれないか」

「え？」

全員の視線が僕に集まった。

「そりゃ、駄目だよ」

大巨人＝ウォーキング・トールが首を振った。

「駄目だよ」

とドラマーが言った。

「無理だね」

とベースマン。

「不可能よ」

とああが呟いた。

「なぜ？　どうして駄目なんだい。プレイヤーとしてじゃなくてもいい、マネージャーでも坊やでも何でもいい。このチームに入りたいんだ。君達と一緒に生きたいんだ」

ああが僕の目を見詰めて言った。

「ダメ、絶対。だって、あなた健常者じゃない」

あああも口を開いた。

「私達は健常者を差別するのよ。解った？　お帰りはこちらよ」

白く細い指がドアを指さした。

僕はうなだれて、ゆっくり歩き始めた。サルビアが効き始めて、身体が妙に左回りに引っ張られる感じがする。しかしドラッグは僕の絶望を慰めてはくれなかった。僕はうなだれたまま楽屋を出、左に引っ張られながらエレベーターに向かった。

「松本。お前は私の所なんかへ来る前に、精神科を受診すべきだ。優秀な男がいる。紹介状を書こう」

白神が僕の目をじっと見据えてそう言った。僕もまっすぐに白神の目を見つつ答えた。

「その必要はないよ、白神。僕は正気だ。強迫観念に取り憑《つ》かれてもいなければ、統合失調症でもない。誇大妄想狂でも躁病でもない。ニヒリストではあったが今は違う。明日への希望に燃えている。その希求を可能にしてくれるのは、白神、君しかいないんだ。だからお願いに来たんだ。お願いしたいこと、なぜそうなったかは、さっき詳しく話した通りだ。白神。僕の一生に一度のお願いだ。幸福を僕に呉《く》れ」

「幸福だと？」

叫ぶなり白神は自分の前の机をがつんと力一杯叩いた。その音は夜九時の大学附属病院の静かな廊下に、白神の診察室から鳴り響いて谺《こだま》し、しばらくしてからフェイド・アウトしていった。

「幸福？　両手、両脚を根元から切断し、陰茎にケイ素樹脂を注入して永久勃起《ぼっき》化し、さらにその陰茎を切断し、穴を開けた額の中央に移植手術するだと？　これが狂人のたわ言でなくて何だというんだ。松本。今、世界は戦争だらけだ。地雷を踏んで両脚を吹っ飛ばされた農民、腕を切断せざるを得なくなった人。糖尿病あるいは他の様々な病因によって、脚を切断手術した人。サリドマイド児、先天性多発性関節拘縮症《かんせつこうしゆくしよう》のために四肢が極度に小さい人、先天性、あるいは後天的要因によって奇形となった人。こうした人々が味わう苦痛、絶望、生活者としての不自由、社会からの差別視、一言で言えば、〝不幸〟。そんなこととの一かけらにでもお前は思いを馳《は》せたことがあるのか。何が自己奇形化だ。ダルマになって額にチンポコを付ける？　そんなことを

〃幸福〃だと考えるお前のその思考自体が狂気だ。だから精神科へ行けと言っとるんだ」

白神は激昂《げっこう》していた。僕は三本目の煙草に火を点けて、極力静かに言った。

「白神。落ち着いてよく僕の言うことを聞いてくれ。例えば人間が千人いれば千通りの幸福がある。第三者が見て〃あ、この人は幸福な人だ〃と思っても、その人自身は不幸のどん底にいるケースは沢山ある。逆もまた真なり。で、状況から見て、どう見ても不幸の塊でしかない人でも、当人は天上的喜悦の至高の幸福に震えていることもある。幸福というのは唯の言葉だ。抽象的概念に過ぎない。白神は優秀な頭脳に恵まれ、中学、高校をトップで卒業し、最高の医大へストレートに、しかも最高順位で入学し、六年間、必死に医学を学んだ。インターンとしても最高だったし、この医大附属病院でもスキル、ケーススタディを積み重ね、三十五の若さで既に世界的水準でトップを切る名医になった。僕は尊敬しているよ。君は名医であり、しかも非常に知的な、豊饒《ほうじょう》な知性の沃野《よくや》をバックボーンに持っている。ただね、白神。君にもやや欠けている所は有る」

「私に欠けている？　何だい、それは」

白神が机に肘《ひじ》をつき、身を乗り出して尋ねてきた。僕は答えた。

「感性だよ」

白神は腕を組み、僕を見た。

「それは……そうかも知れん。私には感性が欠けている……かも知れん。お前に比べればな。私はいわば左脳だけで生きてきた人間だ」

「だから僕を狂人扱いするんだよ。僕はね、コレクテッド・フリークスを観た後、四日間、ろくすっぽ眠らないで考えたんだよ。自分の今まで、来《こ》し方《かた》をね。結論から言うと、僕という人間は生まれてから今日まで、ずっと〝ゾンビ〟だった。眠り、起き、飯を食い、糞小便をし、人が〝仕事〟と呼ぶものをやり、歩き、走り、止まり、たまにだがセックスをし、要するに動いてはいた。しかし、一瞬たりとも〝生きた〟ことは無かった。つまり〝ゾンビ〟だよ。しかし、僕は〝生きる〟ことにした。コレクテッド・フリークスに入る。それが僕にとっては〝生きる〟ことだ。そのためには自身を奇形化しなければならない。だから僕の知る限りで一番腕のたつ信頼のおける外科医である白神、君に頼みに来たんだよ。頼む、手術をしてくれ。もし断れば君は憲法に背くことになるぞ」

「憲法違反？　どういうことだ」

「日本国憲法第十三条。〝国民の幸福追求権〟を阻害することになる。患者の肉体的、精神的幸福のために尽力すべき存在である、医師としての自分の義務を放擲《ほうてき》することになる。君は医師だろ、白神」

白神は、

「ちょっと。ちょっと待ってくれ」

と言いながら机の上に額を押し付け、両腕で頭を抱え込んで、考え始めた。

僕は黙って待っていた。僕にはずいぶん長い時間に思えたが、実際には四、五分だったかもしれない。白神がゆっくりと頭を上げ、僕を見た。

「……四肢の切断は外科技術としてそう難しいオペではない。しかし」

やった！　白神が僕の願いを受け容《い》れてくれた。僕は小躍りしたい歓《よろこ》びと感動を覚えた。

「問題は勃起化させたペニスを大脳と接続移植するというところだ。〝自家移植〟というんだが、同一人体の移植は成功率は非常に高い。植毛や植皮術なんかじゃ、余程のアクシデントが無い限り成功する。ただお前が言ってる脳との接続移植というのは私は前例を知らないんだ。松本の言ってるのは眉間《みけん》の上三㎝辺り。いわゆる〝第三の目〟といわれる所だ。ここの外皮、筋肉、頭蓋骨《ずがいこつ》を刳貫《こかん》すると、出てくるのは髄液だ。脳というものは百五十ccほどのこの髄液の中にぷかんと浮かぶ状態で保護されている。これを越して大脳に行き着く訳だが、右脳と左脳の丁度中間部分辺りに陰茎が接続されることになるだろう。その大脳皮質というのは神経細胞が集まってできている灰白質なる部分だ。もしそのまま直進を続けるとすれば、行き着く所は松果体《しょうかたい》だ。勿論そんなことはできない。大脳皮質の表面で陰茎と大脳の神経とを可能な限りコネクトし、血管は脳底動脈から引っ張ってきて陰茎の血管とパイプつなぎする。それにしても大脳皮質は非常にデリケートな組織だ。接続した結果お前の思考、運動機能にどんな障害が現われるか、私には予測がつかないし、責任も持てない。手術が成功する確率は五十五％だ。四十五％の確率でお前は死亡するか廃人になるかだ。もし、それで良ければ、親友のよしみで、手術を引き受ける。さ、どうする」

僕は深く頭を下げた。

「恩に着るよ。で、いつ手術してくれる。早い方がいいんだが」

白神は手帳を出して眺めた。

「あさって、子供を動物園に連れてく約束をしている。子供には悪いが、これをキャンセルしよう」

僕は席を立ちながら、

「ありがとう」

そう言って出口に向かった。白神が僕の背に向かって声を放った。

「松本」

「何だい」

「一言だけ言わせろ」

「ああ、言ってくれ」

白神は僕に向かって大声で叫んだ。

「阿呆《あほ》！」

アンプが「ジー―」と雑音を立てている。ウォーキング・トールが自分のエレキギターの弦にそっと手を置くと、雑音が止まった。

目の前は暗幕。客席の笑い声が聞こえる。

僕はパイプ椅子の上に置物のようにちょこんと置かれている。肩口から口元にハモニカ・ホルダー。装着しているのは「A」のキーのブルーズ・ハープだ。これで「D」のキーのブルーズが吹ける。大学時代、毎日ブルーズ・ハープをポケットに入れて歩いていた。いつでもどこでも練習できる。ベンディング（吸音で半音下げる技術）なんて朝メシ前だ。キーボードに飽きたらいつもステージでブルーズを吹いていた。それが今頃役に立つのだ。口元のすぐ近くにマイク・スタンドが立っている。ベースのショート・ホープも、ギターのウォーキング・トールも、ドラムスのトリプル・アームズも、みんな用意万端だ。

ステージ中央のマイク前ではああとあああが何かふざけて笑い合っている。今日はまっ赤なタンクトップにまっ赤なホットパンツだ。僕の方からはそのきれいな脚とくりくりしたヒップが見える。

〝今夜もひいひい言わせるからな〟

心中で勇み立つ。おでこのペニスも勃起している。手足のない僕にああが「でこちんクン」という名をつけてくれた。毎晩二人におでこのペニスと舌で奉仕している。一つの性器に入れるのだが、ああとあああでは反応が違う。

ああはいつも歯を喰いしばって、声を出さない。でも首を激しく振って押し寄せる性感に耐えている。あああはその名の通り、

「あっ、あっ、あっ」

と切ない声を立てる。イクときはなぜか二人同時だ。

僕は至福の生活を送っている。

僕は生きている。

やがてトリプル・アームズがカウントを取ってドラムスを叩き始めた。

ショート・ホープとウォーキング・トールが所定のフレットに指を置く。

幕がゆっくりと上がり始めた。

ライトが、かっと我々を照らし出す。

一曲目のイントロが始まった。

ねたのよい
――山口冨士夫さまへ――

犬がおれを睨《にら》みつけていた。

低い唸り声をたてて、前身を少しかがめ、飛びかかる姿勢を取っている。口は半ば開いていて、鋭い牙《きば》が二本のぞいていた。おれも立ったままその犬を睨んだ。〝こいつは狂犬だろうか〟とおれは考えた。しかしどうもそうではないようだった。狂犬なら涎《よだれ》をだらだら垂れ流しているはずだ。こいつにその気配はない。しかしおれに嚙みつく気でいる。こいつはまずおれの足に嚙みつくだろう。その前に顎《あご》を蹴りとばしてやればいい。しかし上手《うま》く命中するだろうか。高校時代、体育の授業で毎週サッカーをやらされたが、大の苦手だった。反射神経が鈍い。しかし脚力はかなりある。電車賃がないので、毎日四駅分くらいの距離を歩き続けるのが日課だったからだ。仮にキックが当たったとして、その後どうする。おれは冬物のコートのポケットにそっと手を入れた。まずへしゃげたハイライトの箱が指先に当たった。次にマッチ。さっきコーヒーを飲んだ「カルコ」のマッチだ。一番底にハサミを探り当てた。小型だが先の鋭く尖《とが》った奴だ。目は犬に注ぎながら、静かにそれを取り出す。底冷えのする京都で、しかも十一月だというのに、髪の生え際から薄く汗が浸《し》み出てきた。

賀茂川の川辺を独りで歩いていた。凍《い》てつくような寒さのせいで、人は一人もいなかった。出会ったのはこの野良犬一匹だけだ。別にちょっかいを出した訳ではない。おれは犬が嫌いだ。媚《こ》びるからだ。おまけに道中に小便を垂れる。マーキングだか何だか知らないが、臭くてかなわない。鎖で繋《つな》がれてじっとしている。脱出する意欲のカケラもない。しかも他者を認めると吠《ほ》える。うるさい。だから嫌いだ。犬のように生きたいと考えたことは一度もない。その点、猫は素敵だ。心臓の構造が不完全なので、いつも眠っている。猫の夢を見ている。目醒めて人の顔を見ると必ず大アクビをする。人をバカにしている。猫は自分のやり口でしか行動しない。それは高貴なことだ。ただまあ犬にせよ猫にせよ、人間よりは余程ましだ。おれが一番憎むのは人間だ。犬・猫は愚かではないが人間は愚かだ。その中でもことにおれは愚かだ。ただ、己れが愚かであることを知悉《ちしつ》しているのは、それに気づかない愚か者より多少はマシなのかもしれない。そういう訳で、河原で出会った野良犬と目を合わせてしまった。奴はそれが気に喰《く》わなかったのだ。敵意をむき出しにしてきた。

犬が突然襲ってきた。おれは作戦に従って犬の顎目がけて右脚を蹴り上げた。狙いは見事に外れ、ブーツの先は犬の頭の二㎝横を空蹴りした。犬は一本足で立っているおれの脛《すね》の下の方に嚙みついた。牙がおれのベルボトム・ジーンズを突き破り、脛の肉に喰い込んだ。おれはあわてて右脚で犬の背中をどやしつけたが効き目はなかった。犬はおれにしっかり嚙みついたまま狂ったように頭を左右に振った。その度に激痛が脳天まで走った。おれは右手のハサミを六十度ほどに開き、犬の目を狙って突き出した。二つの鋭い刃先は今度は命中し、犬の両の眼球に深々と突き刺さった。犬は「ぎゃん」と悲鳴をあげて牙を離し、くるくると二度回った後、光を失ったままでおれの横をすり抜け、逃走した。おれはしばらくその後ろ姿を眺めて呆然と立ち尽くしていたが、やがて踵《きびす》を返し、もと来た道を戻り始めた。足はビッコをひいていた。歩く度に痛みが強まるようだった。歩きながら、どうしたものかと考えたが、結局また「カルコ」に引き返すことにした。

「カルコ」には客が二人いるだけで、静かな空気の中にかすかなジャズが流れていた。おれはコーヒーを運んできたママに、

「何か、消毒液みたいなもの、ありませんか」

と尋ねた。ママは小さな声で答えた。

「赤チンならありますよ。どうなさったの」

「犬にね、嚙まれたんですよ。少し血が出てるんや」

おれはジーンズの血に染まった部分をママに見せた。ママは黙ったままカウンターの中へ戻り、やがて赤チンの小壜《こびん》を持って来てくれた。おれはジーンズの裾《すそ》をたくし上げ、自分の脛を見た。小さな穴がふたつあいていて、そこから細い血の流れがソックスの辺りまで伝っていた。赤チンを塗った。こんな物を塗るのは小学校以来だな、と思った。

店内は暖かかった。おれはコートを脱いで、タートル・ネックのセーター一枚になった。コートを脱いだついでにその左ポケットに手を入れ、紙の小袋を取り出した。その袋には薬局の店名が緑のインクで印刷されている。袋からノルモレストのタブレットを取り出して、テーブルの上に置いた。ちょうど四十二錠ある。タブレットの裏を押し破って、白い錠剤を六つ取り出した。口に放り込んで、がりがり嚙みつぶしてからコップの氷水で飲み込む。

尼崎《あまがさき》から京都まで出て来たのは催眠薬を買うためだ。京都には物解《ものわか》りのいい医者が多い。朝から三軒の医院を訪ねた。医者はよく解っているのだが、規定があるので二週間分の、つまり十四錠の処方しか書いてくれない。だから三軒回り、三通の処方箋を入手して、薬局で買った。ネルボン、ニブロール、オプタリドン、ソーマニール等、クスリはいろいろあるが、一番いいのはやはりノルモレストとハイミナールだ。効き具合がマイルドでガサツさがない。しかも強い。

ハイライトに火を点けて深々と煙を吸う。「カルコ」の店内はアンティークが上品に飾られていて、全体に茶色っぽい印象を受ける。チェインスモーキングを続けながらしばらく店内をぼんやり眺めた。クスリが効いてくるのを待っているのだ。少し飽きてきたので、窓の外の風景に目をやる。古い家並。時おり人が通過する。寒いので皆コートの襟を立てている。京都の人はゆっくり歩く。大阪人は日本で一番早足だそうな。
十二、三分してノルモが効いてきた。血管の中をクスリが静かに散歩している。とろりとしてまぶたが重くなってくる。六錠がおれには丁度いい。十錠飲むとロレツが回らなくなる。十五錠飲めば道で昏倒《こんとう》する。百錠飲めば死ぬ。百錠飲んでもいいが、苦労して死ぬほどの意味は人生には無い。惰性の法則で我々は前へ進み、眠り、そして明日の岸辺へと辿《たど》り着く。
『ぼくは二十歳《はたち》だった。それがひとの一生でいちばん美しい年齢だなどとだれにも言わせまい』

そんな言葉が曇り始めた頭を横切った。誰のセリフだっけ。思い出せない。……ああ、ポール・ニザンだ。今年は一九七二年で、おれはまさに二十歳のまっ只中だ。去年、生まれて初めてエレキギターを買った。アクリル製の透明なボディで、BOXモデルだ。キースがぶら下げていた。アンプもスピーカーもワウ・ファズも揃えた。毎日鳴らしているが、コードしか弾けない。クラプトンやジョニー・ウィンターのコピーをする根気はない。作曲に使うだけだ。ドラ声で声量もあるがピッチが良くない。プロにはなれないだろう。では何者に成り得るのか。答えは風に吹かれている。

店のドアを開けて、男が一人入ってきた。やせていて、髪は腰の辺りまで伸びている。顔をどうらんで真っ白に塗りつぶしている。男はママの顔をじっと見ると、能面のように無表情なまま店をついっと出ていった。ママは少し微笑を浮かべたが、無言でコーヒー・カップを洗い始めた。

十秒ほどして別の男が入ってきた。短いパンチパーマのような頭髪で、顔と首を真っ黒などうらんで塗りたくっている。この男もママの顔をじっと見て、やがてくるりと反転すると店を出ていった。

そして十秒たつと三人目の男が入ってきた。やはり胸の半ばまで長髪を垂らしたガリガリの男で、顔は真紅に覆われていた。ママの顔に瞳孔《どうこう》の開いた目を注ぐと、約五秒で出ていった。ママは男が出ていくと、またコーヒー・カップを洗い始めた。

すぐに四人目が入ってきた。今度は金色の男だ。手、顔、露出した部分は全て金色だ。金色男はママと目を合わせ、片目でウィンクすると、出ていった。五人目も来た。パープルだった。丁寧なことには、紫色の細長い煙草をくわえていた。口から紫煙を一吹きして出ていった。

二人いた男女の客は、ぽかんと口を半開きにして、紅茶のカップを宙に持ったまま全てを見ていた。おれはクスリが効いて、とろんとした目でこのショウを見終わった。

ママは洗い物を続けながら、

「しようのない連中ね」

と呟いた。

「なに、あれ」

とおれは尋ねた。ママが答えた。

「村八分よ」

「ムラハチブ……。何やの、それ」

「ロックのバンドよ。京都では今一番人気があるのよ。でもあんまりライブやらないし、ヒマなもんだから、ああいうことして遊んでんのよ」

「どんな音楽なん」

「さぁ、ねえ。わたしは見たことないから知りません。……見たくもないわ」

「そう」

「だけどね。今日は夜にライブあるはずよ。そこら中にビラが貼ってあるもの。西部講堂……いえ、違うわ。京都会館の第一ホールよ」

「ふうん。行ってみよかな」

「よしなさいよ。やたらに音が大きいんだって誰か言ってたわ。耳がつぶれちゃうわよ」

おれはクスリを尻ポケットにねじ込み、ゆっくり立ち上がるとコートを着た。金を払ってドアに向かったが、まだビッコをひいていた。足の痛みは全くやわらいでいなかった。


夜までにずいぶん時間があるので、バスに乗ってアヒムの家を訪ねることにした。三条烏丸《からすま》で降りて六、七分歩く。アヒムはドイツ人の交換留学生で三十一、二歳か。小さなお寺の離れを借りて、よしこという女と一緒に住んでいる。奨学金は全部ヤクに使ってしまう。不良ヒッピーだ。大阪のカフェで知り合った。自分ではアーティストだと称しているが、アヒムが何か作品を創《つく》ったのは見たことがない。おれはアヒムをあまり好きでない。おれはフーテンだが、アヒムはヒッピーだ。フーテンとヒッピーは似て非なるものだ。ヒッピーは「思想」を持っている。ことにウッドストック以来、愛だ自由だ平和だと五月蠅《うるさ》い。おれは、思想の砦《とりで》の中でぬくぬくしている連中は嫌いだ。しかしアヒムは馬鹿でジャンキーなのでまだ付き合える余地はある。

アヒムの離れの入口は「襖《ふすま》」だ。鍵も何もない。不用心な奴だ。襖を開けて中に入ると三和土《たたき》があって、その向こうの八畳間の中央でアヒムが胡座《あぐら》をかいてウォッカをラッパ飲みしていた。巨漢だ。一九二、三㎝ある。前頭部が少し淋しくなっている。身体《からだ》はやせているが、下腹部が地獄絵図の餓鬼のようにポコンと出ている。おれの顔を見るなり、メロディをつけて挨拶《あいさつ》した。

「♫ Hello, I love you, won't you tell me your name? ♪」ドアーズだ。ドアーも無いくせに。おれは上がり框《かまち》に腰を下ろして、ブーツを脱ぎながら言った。

「Do you want to know who I am? Really?」

アヒムは笑った。

「Oh! I know you. You are a SPY」

そしてまた歌った。

「♫ In the house of love ♪」

アヒムはジム・モリスンがお気に入りらしい。

よしこは電気ストーブの前で丸くなって眠っていた。

アヒムのことは嗤《わら》えない。おれも英語はロックの歌詞カードで覚えた。受験用の、文法ばかりの英語は糞《くそ》の役にも立たなかった。教師がまた糞野郎だった。もう四年も前のことだが今でもはっきりと覚えている。「キンカン」という渾名《あだな》のそのハゲの教師は黒板に白墨で大きくこう書いた。

『ONE FOR ALL. ALL FOR ONE』

「ね。解りますね。一人はみんなのために、みんなは一人のために。いい言葉ですよね」

そう言った後、何気なくひょいと呟いた。

「……みんなと違うってことは……いけませんよね」

よく「目が点になる」というが、このときおれは「耳の穴が点」になった。そして学校というものの本質を理解した。ここは「教育」を授かる場などではない。社会の即戦力と成り得るような「均質製品《や》」を大量生産するための工場なのだ。だからその日から勉強することを一切止めた。テストも受けなかった。しまいには登校すらしなくなった。ペンキ屋でシンナーを盗んできては吸い、酒屋でジンを万引きして飲み、偽造硬貨で煙草を買い、本屋でパクったボードレールやロートレアモンを暗唱できるまで読んだ。映画はマカロニ・ウェスタンとヤクザ映画とにっかつロマンポルノしか見ず、音楽はストーンズとトロッグスしか聴かなかった。日がな一日路傍に座り込み、フーテン仲間が催眠薬を恵んでくれるのを待った。髪の毛は伸びるに任せ、やがてそれはヘソの上辺りまで垂れ下がった。チンピラやヤンキーによく殴られるので、ジーンズの太腿の部分の裏にいつも鉄パイプを隠して歩いた。高校を退学になったのは、音楽室裏の倉庫に放置されていた弦の切れたガットギターを盗もうとしたのが発覚したからだ。ナイロン弦と張り換えるためにスティール弦のセットまでパクって準備していたのに、頓馬《とんま》なことだ。

「Is here something?」

おれはウォッカを飲んでいるアヒムに訊いた。

「Something? What kind of thing, you say?」

「I'm talkin' about drugs, you know? Something effects on me」

「You're kiddin' me? I've got no money. So I'm drinkin'」

「O.K. I've got it. I'll please you, instead」

おれは尻ポケットからノルモを出すと、六錠をアヒムに呉《く》れてやった。アヒムは、

「Oh! You made great」

と言うなり錠剤を口にしてぼりぼり嚙み砕きそれをウォッカで嚥下《えんげ》した。とても嬉しそうだった。アヒムは立ち上がると、よろよろと押入れに向かい、戸を開いた。

「Thank you, boy. And …… and I've got a thing what I wanna show you」

「What?」

「My brand-new treasure. It's an instrument」

「What kind of ?」

「Bass guitar」

「Really?」

アヒムは押入れの上の段からベースギターを引っ張り出してきた。それはとんでもないヴィンテージだったが、余りにもヴィンテージ過ぎた。塗装は無惨に剝《は》げ落ち、至る所から木地が覗いていた。おまけに第一弦がなかった。見ると、ペグごと失《な》くなっているのだった。三弦ベースだ。その弦達は錆《さ》びついていて不機嫌そうだった。アヒムの言によればこの粗大ゴミはアヒムが知人にジョイントを二本呉れてやったところ、お礼にプレゼントしてくれたのだそうな。ていのいい厄介払いだ。弾けるのか、と尋ねるとアヒムは胸を叩いて、

「Of course. I'm a genius」

と威張って弾き始めた。こりゃ天才じゃなくて天災だ、とおれは思った。とにかく出鱈目《でたらめ》にフレットを押さえている。しかも押さえたのとは違う弦を弾いている。おまけにチューニングが無茶苦茶だ。つまりアヒムは楽器の知識が限りなくゼロに近い男なのだった。おれはアヒムからベースを取り上げて、まずチューニングをした。それからアヒムを見て、

「All right. You must learn from ZERO. The way to hold her. The way to play with her. Take my lecture. Notice my finger. I guess you love THE DOORS. O.K. I'll try」

四弦の三つ目のフレットを押さえて、おれはドアーズの『ライト・マイ・ファイア』を日本語で歌い始めた。

♫おれはいないって
きみは言うけれど
おれは影だって
きみは言うけれど
それならここへきて
おれの心臓に触れて
闇《やみ》をマッチで引き裂いて
ハートに火を点けて
come on, baby, light my fire
come on, baby, light my fire
come on, baby, light my fire ♪

そして最後に絶叫した。

♪「Try to set the night on

FIRE!!

よしこが驚いて飛び起きた。

「なにっ、どうしたん。お願い、ケンカせんといてっ」

おれとアヒムはそんなよしこを見て笑い転げた。よしこはキッと二人を睨んで、

「何なのよ、あんたら。びっくりしたやんか」

アヒムは右手を顔の前で振った。

「No. No. ボクタチ、ベース、シテマシタ」

「よしこ。アヒム、無茶苦茶へたなんや。アンプ買わんでよかったな」

「あんまり大声出したらあかんえ。ここのお寺のお住《じゅ》っさん。けっこう文句垂れなんやから」

おれはどろりとした目でよしこを見た。

「な、よしこ」

「なに？」

「きみ、ここの坊主におめこさしたやろ」

よしこはカッと目を見開いた。

「アホなこと言わんといて」

「京都のな、人間はみんなケチやで。こんな離れ、安う貸すのはおかしいやないか」

「お住っさんはね、ドイツ人が好きなんよ」

「そしたら、裏の墓石、みんなハーケンクロイツの形にしてしまえや」

バカなことを言い合っている間に、アヒムは炬燵《こたつ》の上のペン立てから小型のネジ回しを抜き取って、ベースギターの裏面にあるプレート板を外しにかかっていた。

「アヒム。What you gonna do?」

「レクチャーノ、オレイ、アゲマス」

プレート板が外れると、ピック・アップの収まっている空間のわずかな隙間から小さなビニールのパケが出てきた。白い粉が半分ほど入っている。こいつ、無い無いとか言っときながら、やっぱり持ってやがった。

「ヨシコ。セット、モッテキテ」

「うん」

よしこは立つと奥に行って、すぐに帰ってきた。手には二十㎝くらいの四角い鏡とカミソリの刃とストロー一本があった。アヒムは鏡の上にパケの粉を全部落として、カミソリで何本かの細いラインに分けようとした。しかし、手が微妙に震えている。

「あたし、やる」

とよしこが言って、作業を交代した。慣れた手付きだ。細長い粉のラインが鏡の上に美しく整えられた。アヒムがストローの先端を一番左側のラインに付け、反対の端を自分の右の鼻孔に差し込んだ。スゥッと粉を鼻孔の中に吸い上げていく。ラインはたちまちの内に短くなっていき、やがて消失した。アヒムはくんくんと鼻で息を吸い直した後、おれにそのストローを手渡した。おれもアヒムと全く同じ動作でコークのラインを吸い上げた。最後によしこが残された一本のラインを摂取し、鏡は粉一粒残さないきれいな平面に戻った。

コカインはすぐに効いてきた。それまでノルモでどんより曇っていた頭が急にサッと晴れ上がった。血管にザワザワした感じがした。おれはよしこに尋ねた。

「今、何時？」

よしこは壁の時計を見て、

「五時四十四分よ」

「え。もうそんなんなん。あかん、おれ行かなあかん」

「どこ行くん？」

「京都会館。村八分見るんや」

「村八分？　あんた、そんなん止めといて、ここでゆっくりしていきよ」

「なんで？」

「あんた、村八分見たことないんやろ。あの人ら、ひどいんよ。舞台出ても二曲演《や》っただけでチャー坊が〝今日は気いノラへん〟とか言うて、マイクスタンド蹴倒して帰ってしまうんよ」

「チャー坊て誰？」

「ヴォーカルの人よ。この辺まで毛えあって」

よしこは自分の腰骨の辺りを指さした。

「何でそんなんにお金払わんといかんの。だいたい、あんたお金持ってんのん？」

「……千円くらい持ってる」

「それやったら入られへんわ」

「かまへん。裏口から入る」

「そう。好きにしいや。まあ、カッコはええわよ、ムラハチは。ギターは山口冨士夫いう人で、前、ＧＳのダイナマイツにいてた人よ」

「上手いん？」

「上手いんかどうか、わたし解らへん。けど、ロックのギターやわ」

「そう。おれ、やっぱり行くわ」

バスに揺られている十五分くらいの間にコークはすっかり醒めてしまった。おれはまたノルモを四錠追加した。

京都会館への侵入は簡単だった。裏口には誰もいなかった。おれはホールへ抜け入った。会場は満員だった。立ち見もいた。おれは一番前のかぶりつきの所で、通路に座った。

ステージには緞帳《どんちょう》が降りていた。その緞帳の前で和服を着た小柄なおばさんが正座して琵琶《びわ》を弾いていた。鋭い撥《ばち》で、〝べえん、べえん〟と弦をはじいている。乙な趣向じゃないか、とおれは曇った頭で思った。だが、緞帳の後ろから何か建築現場のような、どんかんどんかんかん物を叩く音が聞こえてくる。それが琵琶の音の邪魔をしていた。おばさんは六、七分演奏して、曲を弾き終えると三つ指をついてお辞儀をし、すっと立って上手《かみて》へ去って行った。

しばらく待っていると、緞帳がゆっくりと昇り始めた。昇り終わった後のステージを見ておれは唖然《あぜん》とした。そこにあるのはスピーカーの「壁」だった。二百ワットのスピーカーが六十台くらい、天井に届くほどに積み重ねられていて壁を成していた。壁は三つに分かれていて、上手寄りの空間にドラム・セットがあり、そこに五、六本のマイクが向けられていた。そしてステージの前方には二本、スタンドマイクが突っ立っていた。

男が一人、下手《しもて》から出てきて、ドラムスの前に着席した。続いて二人の男が登場し、それぞれベースギターとエレクトリック・ギターのストラップを肩にかけた。そしてパンチパーマのやせた男が出てきて、ピック・アップが二つマウントされたテレキャスターを手にした。これが山口冨士夫であるようだった。「カルコ」で二番目に入ってきた、真っ黒に顔を塗っていた男だ。冨士夫はアンプのスイッチをONにすると、正面に向き直った。黒いどうらんはきれいに落とされていたが、冨士夫の顔はやや浅黒い。眉を剃《そ》り落としていて、目の下に褐色の隈《くま》のようなメイクを施していた。その隈は目の真下が一番濃く、グラデイションを成して徐々に薄くなっていた。

冨士夫は手元の突起をいじって音量とトーンを調整した。そして何気なく六弦のGのフレットを人差し指でタップした。その途端、

ギッ

というとんでもない大音がおれの耳を直撃した。おれは後ろへ吹っ飛びそうになった。冨士夫はそんなことにはおかまいなしで、バレーでGのコードを押さえてリフを弾き始めた。

♫ジャ《G》カジャーン・ジャ《C》ッジャ《G》ジャ《C》ッジャ《G》
ジャ《G》カジャーン・ジャ《C》ッジャ《G》ジャ《C》ッジャ《G》♪

ドラムスとベース、リズムギターがそれに加わった。それは音楽などではなかった。「地震」だった。音の大津波がおれを襲い、おれは前傾姿勢で耐えているのが精一杯だった。下手からチャー坊がくるくる前方回転しながら転がり出てきた。そしてスタンドの前で止まると、すっくと立ち上がった。腰まで垂れ下がった髪で顔はよく見えず、太く黒いアイラインをひいた片目だけが覗けた。チャー坊は両手でスタンドを握るとマイクに向かって絶叫した。ギター音に押されて声は聞きとりにくかったが、おれは何とかその言葉を耳で拾った。

♫俺の事　わかる奴よく聞け
わかる奴聞け　俺の事を
耳をすまして　よく聞きな
俺の事　よく憶えな
…………………………
俺はめくら　めくら者
全てのみえる　めくら者♪

それから一時間、村八分はマイクを蹴倒すことなく最後まで演奏を続けた。これはコカインよりもずっとよく効いた。轟音《ごうおん》に耐えるためには立ち上がって踊る他に術《すべ》はなかった。足の痛みはどこかへ吹っ飛んだ。おれは六十分間、狂って踊り続けた。

「ダムハウス」の暗がりの中で、おれはクタバっていた。踊り過ぎて全身がガタガタだった。運ばれてきたオレンジ・ジュースで、またノルモを五錠飲んだ。頭の中は真空だった。十二時を過ぎていたが、店は混んでいた。人声が五月蠅くて、もっと静かな所へ行きたかった。ラリっていてコップのジュースを零《こぼ》してしまった。店員に布巾《ふきん》を借りて机を拭いていると、店に山口冨士夫が入ってきた。独りだった。店内を見回して、おれの前に空席を認めると、そこに座った。ステージでは白いスーツにオレンジ色のシャツを着ていたが、今は普段着だった。この寒さだというのにVネックの黒いTシャツと革ジャンを着ているだけだった。ジーンズは服というよりはボロ布の寄せ集めのようで、所々に穴があいて、そこから素肌が見えていた。

冨士夫は注文した飲み物には口をつけず、虚脱したような眼差しでぼんやりと中空を眺めていた。客の誰も冨士夫に気づかなかった。もしくは気づかない振りをしていた。

そのうちに冨士夫はトイレに行くつもりだったのだろう、ゆっくり立ち上がった。「ダムハウス」のテーブルは、ビールやコーラの空きケースを積んで、その上に板を乗せただけのものだ。冨士夫はふらついていて、どうした訳かその空きケースの中に足を突っ込んでしまった。抜き差しならぬ状態になった。冨士夫は足もとを見たまま静かに、

「おいおい。誰か何とかしてくれよ」

と言った。おれは冨士夫の足もとにしゃがみ込んで、その古びたバッシュをケースから抜いてやった。冨士夫は礼も言わずにトイレに向かい、やがて戻ってきた。

おれは席に着いた冨士夫の隈取りのついた目を見て言った。

「今日、ステーリ、見ました」

ラリっているのでザ行が全部ラ行になってしまう。冨士夫はおれを見たが、何の反応も示さなかった。おれは重ねて言った。

「おれ、ロックやりたいんです。歌を歌いますから聴いてもらえませんか」

冨士夫は黙っておれを見ていたが、やがて店員に顔を向けて声を放った。

「おーい、ウノちゃん。ちょっと音楽止めてくれないか」

BGMが消えた。店内が沈黙に満たされた。おれは声帯にファズをかけた。電池は股間《こかん》の袋の中に二つ入っていた。どこにブルー・ノートを入れるのかを頭の中で確認してから、ドラ声で歌った。

♫朝十時に起きて　夜は十時に寝るだけさ
OH　YEAH♪

冨士夫は微笑を浮かべて、言った。

「ボク、そりゃ寝過ぎだよ。眠ってる間に一生終わっちゃうぜ」

それからおれに顔を近づけてささやいた。

「ヴォーカリストにはな、練習は要らない。ギタリストには要るけどな。それからついでに言っとくけどさ。ロックは音楽じゃないよ。ロックは、生き方の話なんだ」

冨士夫はそれから革ジャンのポケットを探った。

「さっき救《たす》けてくれたからお礼をやるよ。テーブルの下に手を出しな」

おれはテーブルの下に手を出した。十円玉くらいの大きさの、銀紙に包まれた何かだった。おれは礼を言うと、「ダムハウス」を出た。

凍りつくような夜道を、どこへ行くでもなく歩いていると、ふとある歌が頭に浮かんだ。それは今日のライブで村八分が演奏した中で、たった一曲だけのバラードだった。おれは思い出しながらそれを口ずさんだ。

♫あるいても　あるいても
はてどなく　はてどなく
にぎりしめた手のひらは

あせばかり　ああああせばかり♪

歌いながら、今日の昼の犬のことを思い出した。盲目で走る犬。あいつはどこへ行こうとしていたのだろう。

それから道に唾《つば》を吐いた。最後の煙草に火を点けておれはおれに言った。

「犬の心配できるご身分かよ。てめえは」

そしてまた歩き始めた。

寝ずの番

昨日、師匠が死んだ。

七十六歳。百年に一人といわれた咄家《はなしか》橋鶴《きょうかく》の大往生であった。死因は静脈瘤《じょうみゃくりゅう》破裂。大酒がたたってのあの世行きだ。

〝もういけない〟というのは三日ほど前から聞いていた。奥さんの志津子ねえさんを始め、橋次、橋弥、おれ橋太、橋枝、橋七、それに落語作家の小田先生。主だったところはみんな病院に集まって、師匠のベッドを取り囲んでいた。

医者は六十過ぎくらいの貫禄のある先生だったが、昨日の夜、この人が首を横に振って、

「いよいよ、いけませんな」

と言った。兄弟子の橋次が師匠の耳元に口を寄せて、

「師匠、何か心残りはありませんか。これはやっておきたかったということはありま

せんか。できることなら尽力しますよ、おれは」

師匠はしばらく目を宙にやったまま、蚊の鳴くようなしゃがれ声で言った。

「そそが見たい」

かつては割れ鐘のような大音声《だいおんじょう》、塩辛声だったのが、今はそばにいる橋次以外には聞き取れないようなかすれ声。

橋次が腕を組んで皆に言った。

「そそが見たいと言うたはるが、さてどうしたもんやろう」

一同〝えらい遺言やな〟と心中あわてている。

「まさか看護婦さんに頼むわけにもいかんしな。かといって、その辺の道歩いてる女の子に頼んでも変態扱いされるだけや」

志津子ねえさんが言った。

「この人は、この期《ご》におよんで、まだそんなこと言うか」

ここでちょいと説明させてもらうが、「そそ」とは女性器の呼び名、もしくは性行為のことを指《さ》す。関西圏では普通、「おめこ」というが、京都あたりになると、はんなりと「おそそ」と呼ぶことが多い。九州では「ぼぼ」、東北では「べっちょ」、沖縄では「ほーみー」と、いろんな呼び名がある。昔、ボボ・ブラジルというプロレスラーがいたが、九州巡業に限ってリング・ネームを変えていたことは有名な話だ。関西には紅萬子《くれないまんこ》さんという女優がいるが、あの人の場合、東京でテレビの仕事をするときにはどうしているのかしらん。

誰が作ったのか知らないがこういう唄がある。

♬えらいこっちゃえらいこっちゃえらいこっちゃ、
吉原あたりが大火事じゃ
おそそで建てた家じゃもの
ぼぼ~燃えるのは当たり前♪

というわけで、「おそそ」「そそ」は女性器および性行為をさす言葉だ。だからその言葉の通用する京都あたりでは「そそとした美人」だの、ましてや「そそくさと立ち去る」などの表現はタブーなのである。

橋次兄さんは腕を組んで言った。

「この中で所帯持ちは誰と誰だ。手をあげろ」

おれ、橋弥兄さんが手をあげた。

橋次兄さんはそれを見て言った。

「その中で、一番家の近いのは橋太だな」

「へ」

「お前、ちょっと家へ帰って、嫁さんを説得してこい」

「あの、なんでやすか。うちの女房にその、師匠にそそを見せろと」

「そうだ」

「兄さん、うちのかみさんの気性を知っててそういうこと言わはるんで」

「そうだ」

「うちはちょっと茂子のカンにさわると、皿や鍋が飛び交う、ポルターガイスト現象みたいな家で」

「わかってる。わかってるけど、この際事情が事情だ。ぱぱっと説得して、すぐに連れてこい。師匠は今は意識はあるものの、いつ亡くなるかわからないんだぞ」

「へ、わかりやした」

　おれが家にすっとんで帰ると、茂子は鼻歌を唄いながら洗濯ものを干していた。

「あら、どうしたの。病院の方はどうなったの」

「さ、そこだ」

「どこよ」

「そこなんだ」

おれはことのいきさつを茂子に話した。茂子は聞き終わって、

「でもそれならどうして志津子ねえさんのを見せてあげないのよ」

「志津子ねえさん？　あの人ははっきり言って婆《ばば》あだぞ。BABA《ビーエービーエー》ばばあだぞ。師匠だっていまわの際《きわ》にそんな婆さんのもの見たくないに決まってるじゃないか。お前みたいな美人のそそが見たいのは当たり前だろ」

ここでおれは自分の女房をヨイショした。この「美人」という一言が、ぐらついていた茂子の心を決定させたようだ。茂子はぽんと胸を叩いて言った。

「わかったわ。あたしだってこう見えて女丈夫よ。師匠の御臨終に恥ずかしいもへ、た、たもないわよ。見せましょう、こんなおそそでよかったら」

人払いをして、病室にはおれと女房と橋次兄さんと橋鶴師匠の四人だけになった。

茂子はスカートのすそをぱんぱんとはたくと、

「では師匠いきますよ」

女房は病床の上に上がると、相撲取りのように股《また》を割った。そのまま師匠の顔のあたりまでにじり寄ると、顔に向けてスカートをまくり上げた。早々と、家を出るときにノーパンになっていたのだ。

その女房の股間を、師匠はじっと見ていた。

どれくらいその状態が続いたのか、おれにはわからない。七、八秒かもしれないし、二十秒くらいかもしれない。とにかく女房は役目を終えてそそをしまうとベッドを降りた。

橋次兄さんが師匠の耳元までいって、

「どうでした。師匠、そそをお見せしましたが」

師匠は弱々しく首を振って、

「そそやない。そとが見たいと言うたんや」

それから三分後に師匠は亡くなった。

そうした一波乱があっての今日の通夜だ。

師匠の遺言通り、通夜も葬式も密葬である。

息子である橋弥が喪主になった。故人の親戚や弟子一連が神妙な顔をしている。遺影がかざられたその前に本人が横たわっている。おれの席からは見えないが、経かたびらをまとって、刀が一本、足の横に置いてあるらしい。

遺影は当たり前だが〝師匠にそっくり〟である。つまり、〝つぶしたブルドッグ〟のような苦々しい顔だ。この顔が人々をして腹をかかえて笑わせ、敗戦後の日本の関西、絶滅しかけていた上方《かみがた》落語を復活させたのだ。

弟子一同、妻帯者はカミさん同伴である。うちの場合、茂子を連れてくるには、非常に苦労した。なにせひん死の師匠の顔にまたがって例のものを見せるという苦行を強《し》いられたうえに、しかもそれが〝聞き違い〟だったのだ。怒る気持ちもよくわかる。誰に怒りをぶつけてよいか、それもさだかでないから余計に腹立たしいはずだ。ぐつぐつと煮えたぎる鍋のように怒っているのをなんとかなだめて、冷ましてここに引き留めた。

坊主がなむあみだぶつを一通り誦《ず》して帰った後で酒が出た。巻き寿司と煮魚、煮〆《にしめ》なんかの肴《さかな》もいっしょに出た。

一升壜から橋七の持ってる湯呑みに酒を注いで、志津子ねえさんが皆に言った。

「故人も酒が好きで、酒と心中したようなもんやから、あんたらも今日はせいぜい飲んどおくれ。無礼講やから、今日は」

皆に酒が注がれて、いただく次第に。橋次が音頭をとることになった。

「ええ、では師匠のあの世行きを祝しまして、かんぱぁい」

皆、酒を口に含みつつ〝祝しまして〟はないだろうと思いながら。しかしこういう妙な席での酒というのは不思議にうまい。おれもみるみるうちに大きな湯呑みの酒を飲み干して、二杯目を手酌《てじやく》で注いだ。

「しかし、こんな席で何だが。さっきの〝そとが見たい〟には笑いましたな」

と橋次が言った。おれが目配せで必死に止めようとするのに全然気づかず、茂子の前で、「師匠はさすがや。自分の臨終にまでオチつけて逝《い》かはった」

「オチついた人やなかったけどな」

と橋弥。

「そう言えば、淡路島の一件もありましたな」

とおれが言った。

「ああ、お茶子のな」

落語会では、咄家と咄家の合い間に座ぶとんを裏返す女の子が登場する。ついでに上手《かみて》にある演者名を墨書きした紙をめくっていく。これが「お茶子」だ。

ところで、淡路島では女性器および性行為のことを「ちゃこ」という。

ある日、橋鶴事務所に一人面接の女の子がきた。ブルドッグ顔で面接に出たのがうちの師匠だった。

「あの、どんな仕事をすればいいんでしょうか」

女の子が尋ねた。橋鶴師匠は耳の穴をほじりながら、

「そうやなあ。とりあえずお茶子でもしてもろうて」

「……。私、帰らせていただきますっ」

女の子はすっ飛んで逃げたそうだ。ちゃこが淡路島でのそういう言葉だと師匠が知

ったのは、それからずいぶんたってからのことだそうだ。フランク永井の「夜霧に消えたチャコ」、サザンオールスターズの「チャコの海岸物語」が流行《はや》ったときにも、淡路島ではたいへんな騒動になったらしい。

橋次がぐい呑みをあおって、

「おれが内弟子から外弟子になった、間もない頃、けい古つけてもらって、帰ろうとしたら、師匠が、『おい、橋次、お前、今晩何か用事あるのか』。おれ、嬉しなって『いえ何にもありませんっ』て答えたら師匠、『何にもないねんやったらとっとと帰れっ』やて」

一同が笑った。

「ま、結局は連れてってくれはるんやけどね、酒飲みに」

「豪快でしたね、飲みっぷりが」

と橋七。一番の若手だ。

「ここ二、三年は大げさにいえば〝酒びたり〟で。高座に上る前に、蕎麦《そば》なんか取りますよね。その蕎麦に日本酒三合ほど付けさせて、一本目は、くぃーっと一息で。ええ、コップです。二本目はまあ、ゆっくり飲んで、高座に上る頃にはちょうどいい暖まり具合で。酔っ払いの真似なんか絶品でしたね。何せ本人が飲んでるんだから。それで降りてきてから残った一本をまたくぃ～っと。それから蕎麦ののびたのをつるつるっと。蕎麦屋にビキセンくらい使ってた」

ビキセンというのは二千円のことで、我々の業界の符丁だ。一、二、三、四、五、六、七、八、九のことをそれぞれ、ヘイ、ビキ、ヤマ、ササキ、カタコ、サナダ、タヌマ、ヤワタ、キワという。ギャラのことはタロ。客《だんな》のことはキン。だから、

「昨日のキンはセコタロでな、カタコセンしかくれなかった」

といった話の仕方になる。

ついでに言ってしまうと、女、女性器のことをタレ。行為のことは〝タレをかく〟という。男、男性器のことはロセンと呼ぶ。だから橋鶴師匠の最期の言葉も、

「タレが見たい」

でなければおかしかったのに、誰もあわてていてそのことに気付かなかったのだ。

橋七は言葉を続けた。

「蕎麦を相手に三本飲んで、それから夜の酒を飲むんやから、たいがいの酒量やなかったですね。そんなだからおれがけい古つけてもらうときにも、必ず一升壜が横にあって」

「はいはい。口合い根問いに、道具屋、子ほめ、二人癖、東の旅」

「もっと教えてくださいというても、全然教えてくれはらへん」

橋次兄さんが、ぐい呑みを口に運びながら、

「そら師匠かて、その時分のお前の器量を見ていうたはるんや」

「そうでしょうか。おれにはただ〝面倒臭かった〟だけのような気がしますが」

「そういわれればそんな気もするけどな。酔うてると訳のわからんようになる人でな。バッグ紛失事件というのもあったたな」

「ああ、あったあった」

あれはおれが二十七のときだったから、四年前になる。

師匠はいつも片手で持てるバッグを持っていた。中にはキャッシュやカード、電話住所のメモ帖、印鑑など、とにかく大事なものが全部入っていた。そのバッグがないのがわかったのはZOO《ズー》という名のスナックで、夜中の二時頃だった。師匠と一緒にいたのはおれ橋太と橋七、小田先生の三人である。

普段はどんと構えている師匠が、このときは顔色《がんしょく》をなくして、

「えらいことになった。道で落としたんやったら、絶対戻ってこん。店で落としたんであれば出てくるかもしれんが」

「師匠、金はいくら入ってたんですか」

「ヤワタ万や。金はどうでもええんや。それより、カードと電話帖やな。特に電話帖がなあ……」

と、渋い顔の師匠。

「タレの電話番号が全部書いてあるんや」

「それはたいへんですね。わかりました、おれと橋七で、今まで行った店、電話かけて調べてもらいますから。そうや、電話はおれ一人でかけるから、橋七、おまえ、我々が今までに歩いてきた道を逆さに調べてみてくれ。ひょっとしたら落ちとるかもしれん。頼むで」

橋七はすっ飛んでいった。まあ、せち辛い世の中だ。道っぱたには落ちてはいまいと、おれは踏んだ。出てくるのは案外意外な……。

おれは師匠に尋ねた。

「師匠、この店は探しましたか」

「え？」

「この、ZOOの中は調べはりましたか」

「いや、こんなとこに落とすわけがない」

「師匠、ちょっと横の席にのいとってください」

「何をするんや」

「椅子の下を調べるんです」

おれはふかふかした椅子を持ち上げて下を見る……と、あった。師匠のバッグが。

おれは師匠の目の前にバッグを差し出すと、師匠に向かって、

「師匠。これ師匠のバッグと違いまっか」

師匠は一瞬考えた後おれを見て、

「よう似てるが違う」

バッグの話をひとくさりした後、おれはまた飲むモードに入った。こんな噺家同士の通夜なんか、何が起こるかわからないに決まってる。とにかく先に酔っ払ったものの勝ちだ。おれはそう考えつつ二杯目の酒をごくっ、ごくっ、とハイ・ペースであおった。

「ZOOといえば、おれが福丸とケンカしたとこや」

と橋枝がつぶやいた。

そう。橋枝はZOOで他流の福丸と、異種落語家戦をやってのけたのである。ZOOというのはおシャレな店の割には妙に噺家や講談師、手品師などが群れ集まってくる店で、うちの一派と他の一派がかち合うこともよくあった。

他派の中でも福丸は酒乱で有名だった。年の頃なら二十五、六。でっぷりと太った上に背も高いから見るだけで威圧感がある。そいつが酔って暴れるのだからはた迷惑もいいところだ。

福丸は我々が行ったときにはもうすでにソファにあぐらをかいて酩酊状態であった。

我々を見止めると、

「け。十年早いわ」

と、ぼそりと呟いた。

橋枝という奴は我々一門の中でも一番キレやすいタイプだ。ZOOに来る前に正宗屋で安酒をしこたま飲んでいたのもあって、プチンと切れたのだろう。福丸にいきなり殴りかかろうとしたのを我々、必死でくい止めた。

冷たいおしぼりで何度も顔を拭いて、文字通り頭を冷やさせたのだった。

一時的に頭は冷えたものの、逆上は完全にはおさまっておらず、ちらちらと福丸一行の方に視線をやっているのがおれにはわかった。福丸一行は一行で、我々の動息が気になっているようだ。何度目かに一行に目をやったとき、福丸が尻を出してこちらに向かって横ゆれさせているのが目に入った。もちろん橋枝もそれをしっかり見ていた。

ま、しょうがないかケンカになっても。せいぜい死人が出ないように祈っとこう。これがこのときのおれの心境だった。

橋枝は福丸のお尻を見るやいなや、チャックを下げて自分のモノを出した。橋枝のモノは何度も風呂で見たので知っている。どちらかというと貧相なモノで、しかも仮性包茎だ。女《タレ》によく逃げられるのもそのせいではないか、とおれは推測している。が、橋枝にはその仮性包茎を使ってできる「芸」がひとつあった。モノの先に何でもひっつけてしまうのである。ただし、あんまり重いものはもちろん駄目で、最重量級でタバコの箱。それくらいのものは何でもくっつけてしまう。

「要するにですね。ものとモノとの間に真空状態をつくってしまうわけです。バキュームするんですな」

本人はしゃらんとしてこういう説明をしてくれたが、おれにはどうもよくわからない。わかる人がいたらこの本あてに説明文を送ってください。

さて、そのとき橋枝は例の貧相なモノを取り出すと、店の請求伝票をペタリと先っぽにくっつけた。そのまま、ソファの福丸一行ににじり寄っていく。

「わ。何やそれは。来るな、こっち来るな」

と福丸は叫んだ。それでも橋枝はにじり寄るのを止めない。とうとう例の伝票が福丸の目と鼻の先まできて、ぴたりと進行停止になった。福丸は全身で引きながら、

「わかった、もうわかったから……」

橋枝は低い声で言った。

「この伝票の金、払うか」

「払う、払うからもうやめてくれ」

「新しいボトル入れたけど、それでも払うか」

「払う。払うから」

「払わせていただきますから、となぜ言えん」

「払わせていただきますうっ」

「よし」

　橋枝は伝票を先からひょいとはずすと、モノをチャックの中にしまい込んだ。

　おれはそのとき、そういう後輩を持ったことを誇りに思った。

　閑話休題。通夜の話の方に戻ろう。

　皆おれと同じで、酔ったもの勝ちだと思っているのだろうか、たいへんにピッチが早い。師匠にまつわるあれやこれやを語り合いながら、手酌の一升壜から、湯呑み茶碗にごぼごぼと日本酒を注いでいる。酒に弱い橋七も、まっ赤になりながらもがんばっている。その橋七が話し始めた。

「忘れもしません、去年の二月です。桃谷で落語会があって、私、師匠のおともで桃谷まで行ったんです。で、プラットフォームから降りる階段のとこで師匠が私をツンツンと突つかはる。〝何でっか師匠〟と尋《たん》ねたら、『ババしたい』と。で、私そのとき突然の事態で二、三秒笑顔のままパニックにおちいってたんでしょうね。ぼうっとしてたら、師匠、こんどは頭をこつんと小突かはって、『ええか、橋七。わしがババしたい言《ゆ》うたら、お前は走って、どこに便所があるか探して、その便所が使用中か空《あ》いてるんか、そこまでたしかめて、また走って帰ってこんといかん。わかったか。〃わかりました〃やない。とっとと走っていけえっ』。私、師匠のおっしゃる通り走りました。トイレは階段をおりたとこの右側、改札前にあって、男子トイレの大便所は空いてました。それだけ確認すると、私、また走りました。で息切らせて師匠にその旨、報告しましたら、師匠が私をギョロッとにらんで、『もう遅い』」

愛弟子《まなでし》たちは腹をかかえて笑った。

落語作家の小田先生が笑いながら、

「とにかく師匠はあれだけの酒飲みやったから、下《しも》の方でいうと慢性の下痢やったんですな。三年前の得心寺での落語会のとき、師匠は地獄八景《じごくばっけい》やらはったんです。で、そのときのテンポが無茶苦茶に早い。ぽんぽぉんとしてるんです。私ら、ジェットコースターに乗せられたみたいなもんで、すっごいスリリングやった。地獄八景いうたら普通にやったら一時間はかかる。米朝師匠でもそうやないですか。それを三十五、六分でやりはった。私、目からウロコが落ちる思いがしました。で、打ち上げの席で師匠にそう言うたら、『いや、話しだしたら急にババがしたなって、早まくで切り上げた』。下痢で落語が変わることもあるんやなあ、と、自分で自分をむりやり納得させて。いやあ、ほんまにえらい師匠ですわ」

「師匠がそんな早口で咄やったんですか」

と橋弥。

「僕ら親父がそんな落語やってるの、聞いたことない。もの心ついた頃にはもう例ののったりした口調でしたから。通の客《キン》の中には、〝あの間《ま》がええんや〟なんてことを言う人がいますけど、息子の私からはっきり言わせてもらいます。あの間《ま》は、ただボケてるだけのことです」

橋枝がいさめて、

「そんな、仏さまの悪口言うもんやない。今頃は三途《さんず》の河渡ったはるとこや。六文銭は仏の身につけさせたか？　ワラジは。刀は。おお、それでええ、それでええ。それから、この酒の肴《あて》な。煮〆の中にコンブ結《ゆ》わえたのが入ってるが、これは食べるなよ。よろコンブいうて、めでたい席で食べるもんや。鯛《たい》のアラ煮もあるが、これにも手は出すなよ。同じこっちゃ。あとは全部ＯＫや。志津子ねえさんが作ってくれはったんやな。ええ味つけや。ありがたいこっちゃ。うむ」

橋枝はこんにゃくを一口ほおばりながら、橋弥の湯呑みに酒を注いだ。注ぎ終わった途端に、また一同に、

「線香とローソク絶やすなよ。見張り役は橋七、お前がやれ」

おれは言った。

「橋枝、お前ずいぶんと通夜の作法に詳しいんだな」

「へえ、それがね、兄さん。私のまわり、死人《しびと》が多いんですよ。まずは自分の父母ね。それから嫁の父母がね、どっちもガンで。あと姉のダンナ。首吊り自殺ですよ、これは。実の弟も首吊りで。考えてみると、私なんか生きてるのが奇跡みたいなもんで」

「そうか。そんだけ死人が出りゃ、詳しくなっても不思議はないやろうなあ」

「ひとつ不満があってね」

「ほう」

「自分の通夜に出られない」

「あ、なるほど」

「兄さん方が私のことどう言うかと思うと、死んでも死にきれない」

「妙な心配するなよ」

「できれば天井の一隅からでいいから自分の通夜を覗いてみたい。師匠だってそう思って、今、覗いてはるかもわかりませんよ」

「気味悪いこと言うなあ」

おれはほんとにぞっとして、口に運びかけた湯呑みを置いて、天井の四周を見渡した。当たり前だが、どこにも師匠の顔はなかった。おれはまた飲む方に専念しようとしたが、橋次兄いがおれに話をふってきた。

「橋太はおとなしいが、何かないのか、師匠の思い出は」

「そうですねえ。いっぱいあり過ぎて。そうだ。おれと茂子が結婚したときに、しばらくして師匠がメシをおごってくれる、というんです。茂子は、結婚したときには三カ月の腹ぼてでして、だからそのときは五カ月目くらいだったかなあ。そろそろ腹が目立ち始める時分で。東急インのロビーで待ち合わせたんですがね。師匠はその腹ぼての茂子をちょっと見て、しばらく考え込んでるようでした。がやがて口を開いて、『奥さんは、辛いものは大丈夫なのか』茂子は緊張しながらも『いえ、全然大丈夫です』『橋太、お前はどうや』『あ、はい、辛いものは大好きです』それからかなり長い間《ま》があって、師匠、『お前らが良《よ》うても、わしがあかんのじゃっ』……て。そのときはほんとに考えましたね、師匠一流のギャグなのか、単にほんとに変な人なのか。とにかく訳のわからない人だったことに間違いはないですね。はあ」

一息でしゃべり終えると、おれは酒をくいっと飲んで、肴を取り皿に取った。それを茂子にまわす。優しいんだ、おれは。こういう公の席では。家ではシャレのひとつも言わない。テレビを見てても クスリとも笑わない。逆につまらなくて腹が立ってくるので、ここ四、五年はバラエティ・ショーは見ないことにしている。見るならやっぱりNHKだ。集金人に金を払ったことは神かけて一度もないが。NHKの動物ものや、CGを駆使した作品などは大好きだ。

おれ自身がテレビに出るということはほとんどない。あって年に三、四回か。たいていは寄席《よせ》番組の中の大喜利の一員ということで出る。コメンテイターやパネリストの仕事というのは、うちの一門では橋次兄さんがほとんど受けている。

橋次兄さんというのは変わっていて、実は師匠から落語を「習っていない」のである。一番弟子なのに、だ。

内弟子になってすぐ、間のいいところを見計らって師匠のいる部屋へ行き、落語を教えてください、と頭を下げた。師匠の答えは、

「いやや」

であった。

その後、何回頼みにいっても答えは、

「いやや」

の一言であった。仕方がないから、盗んでやろうと兄さんは思ったそうだ。

師匠が息子の橋弥にけい古をつけているところを柱の陰からそっと盗み聞きするという按配《あんばい》。すると師匠が「時うどん」の話をふつっと途中で止《や》めて、

「今日は止めや。橋次が聞いとる」

兄さんは困った。落語がしたくて師匠の門を叩いたのに、師匠が、

「いやや」

といって教えてくれないのだ。もちろん、付き人としての役目はあって、それはそ

れで忙しいのだが、肝心要《かなめ》がすっぽ抜けではシャレにならない。

どこかよその師匠に咄だけでも教えてもらおうか、とも思ったが、考えてみればそれも不細工な話だ。結局のところ、兄さんは落語以外のこと、この世界でいう「営業」で食っていくことにした。そのために必殺技として「南京玉《なんきん》すだれ」を習得した。教えてくれたのは旭堂南左衛門という講談師である。兄さんはこの南京玉すだれを売り物にして、テレビ業界に殴り込みをかけた。ちょうどそういう人材にテレビ界が飢えていたのだろう。いくつかの局がイレギュラーながら橋次兄さんを呼んでくれるようになった。ＣＭの仕事、ラジオのレギュラー番組なども依頼がくる。そしてそうなると嬉しいことに「営業」が増えてくるのだ。結婚式の司会、デパートやスーパーの催し物の司会進行ｅｔｃ。

しかし嬉しい話ばかりでは決してない。

ある晩、兄さんと一緒にモツ鍋をつついていたとき、兄さんが真剣な顔をして言った。

「あのな、この前西明石をもっと過ぎたところへ営業で行ったんや。新商品カメラの展示即売会や。ところがな、人が全然こない。何でかというと」

兄さんは店のナプキンに図を描いて説明してくれた。

「人の流れがここのデパートへ行くように、自然になっとる。つまり展示会場へ行くというのはよほどのことでもない限り、無いんや。ここにきて、会社の人もはっと気づいたようで、担当者の若い人がおれに相談を持ちかけてきた。『橋次さん。お力で何とか客をこっち の方へこさせるわけにはいかないでしょうか』。おれも乗りかけた舟や。やったよ、駅のど真ん前で。南京玉すだれ。

♬あ、さて、あ、さて
さては南京玉すだれ♪

日中国旗とか釣り竿とかめがね橋とかな。そうしてハメルンの笛吹きみたいに、アホな客を十二、三人、展示場の方へナビゲイトしてな。そのとき、悪いことに、ハッと我に返ってしもたんや。〝おれは、なんでこんなとこでこんなことしてるのか〟とな。何が落語家じゃ、何が上方芸能じゃ。本気でそう思ったよ」

おれにもそういう経験はたくさんある。兄さんはなまじ口がなめらかでしかも南京玉すだれという必殺技があるだけに、我に返るとたまらなくなってしまうのだろう。

そのモツ鍋のときに、おれは取って置きの質問を兄さんにぶつけてみた。

「で、結局師匠は、どうして兄さんだけに落語を教えなかったんでしょうか」

「さ、そこや」

兄さんは、ニラをつまみ上げながら答えた。

「師匠はおれを見て、こいつはテレビ向きの人間や。へたに落語なんか教えて落語臭なったらあかん。若い者の間にすっと溶け込めるようにさせんといかん。こういう風におれのことを考えてたか……」

「考えてたか？」

「ほんまにおれに落語教えるのが『いやや』やったんか。本人に訊《き》いてみてもええんやけど、恐うてよう訊かん」

「おれも、師匠が何考えてるのか、ようわからんかったこと、たくさんあります」

師匠が元気なアル中だった頃、テレビ局の楽屋だった。お笑いの匹目四郎さんと相部屋だった。師匠が自分でメイクやパタパタをしているときに、局の女の子が報《しら》せにきた。

「四郎さん、すみません。中尾工業の磁村さんという方が見えられまして」

間髪入れずに師匠のドラ声が響いた。

「帰ってもらいなさい」

大音声で、しかも四郎さんの物マネまでたくみにやってのけた。なおかつ、その客《キン》は、戸口のすぐそばのところに立っていたというではないか。四郎さんが事情を説明して納得してもらうまで、たぶん十分近くはかかったとおれは思う。ほんまにわけのわからん師匠やった。しかし、橋次兄さんに落語を教えなかったのは、ものすごく広い意味で賢明やったとおれは感心することがある。先の読める人だったのだろうか。

橋次兄さんは、もう一皮むけたらもっと人気が出てくるだろう。その一皮というのがどういう意味なのか、おれにはわからない。そんなことより、自分が化けられる道を見つけなければ。だれかどうにかしてくれないかしらん。

おれは酔いがまわってきたのか、考え方が理屈っぽくなってきたようだ。昔からの癖で少しは良くなってきたけれど、基本的におれは理屈っぽい。何せ京大の物理中退だから。二十歳のときに京大を中退して師匠の門を叩いたのだ。ことしの四月で三十一歳になる。十一年間、実にいろんなことがあった。どれも師匠がらみの逸話だ。

ほんとに山ほどある。

一座の話題は、一門のハワイ旅行のほうに行っているようだった。三年前、少しお金ができたので、税金に取られるくらいなら一門でハワイ旅行に行こうと師匠が言いだしたのである。なかなか楽しかった。橋七が一生懸命に縁者の人たちに説明をしている。

この橋七というのも変わり者で、一度みんなで鶴橋へ焼き肉を食いに行ったときの話。

「このカオリフェっちゅうのは何やろう」

と師匠がメニュー片手に切り出した。

一同首をひねって、それでもおれが、

「〝フェ〟というのはどうやら刺身のことをさすみたいですねぇ。イカフェとかあるからイカの刺身のことでしょう。カオリフェはカオリの刺身ですね。でも何だろう、カオリって。誰か知ってるものおるか。おったら手ぇあげてください」

意外なことに一番若手の橋七が手をあげた。

橋七は複雑な笑みを浮かべて、

「ヒントを三つ言います。一、サカナです。二、変わった形をしています。三、僕の青春の思い出です」

うーん、と全員が唸《うな》り始めた。

「タコ！」

「違います」

「シュモクザメ」

「違います」

「イソギンチャク」

「違います」

「松田聖子」

「何ですか、それは」

やがて制限の三分が切れた。ほんとのところはどうなのだ、と一同が橋七に注目した。橋七はうつむいてボソボソとしゃべった。

「答えを言います。カオリフェというのは、エイの刺身です」

「エイ？　カオリいうのはエイのことか。その辺で歩いてる香《かおり》ちゃんは、みんなエイが化けた奴か」

「んなアホな。しかしたしかに魚で、変わった形してるわなぁ」

師匠が、

「しかし、〝僕の青春の思い出です〟っちゅうのはどういうことや」

「それがその……まことに恥ずかしい話なのですが、エイのあそこは人間の女性のあそこに酷似していると。漁師は、アカエイが釣れると、こう、にたぁ〜っと笑うんだそうで。そういう話を僕が小さい頃親父がしてくれまして」

「どういう親父や」

「その話の印象が強烈に残ってるんですよ。それで、僕は初体験の相手はエイにしようと、決めたんです。おれは、決めたことは何が何でも実現させてしまうという恐ろしい性格ですから。十八歳になってすぐ実行しました」

「実行って、何をどうするんだ」

と、おれ。

「和歌山まで行きまして、漁船を一そう、チャーターしました。朝早くから船を出して、エイを専門に釣るんです。おれは釣りのこと全然知りませんが、普通とはまた一風変わった仕掛けのようでした。で、船を出して沖へ出たその直後にビインと釣り糸が」

「エイだったのか」

「はい、そうです。二メートルくらいある大物でした」

「で……どうだったんだ。したのか」

橋七はうつむいて、

「はい。しました」

「どんな感じだった」

「そのときは童貞でしたから人間の女性とどう違うのかわかりません。ああ、人間の女性もこんな感じなのかなあ、と。でも今考えると、エイは何ですね、冷たいですね」

恐ろしい奴もいたものだ。漁師さんは、横でその様子をじっと見てたのだろうか。どんな心境だったのか、それを訊きたい。

当の橋七が、いま力を込めて説明している。

「いや、だから、あのときマリファナを買おうと言い出したのは師匠なんですってば。

忘れもしません、アラモアナセンターの二階にある〝ジャバジャバ〟っていう洗濯屋さんみたいな名前の喫茶店で。師匠が急にあの太い塩辛声で、『橋七。わしはマリファナいうもんが吸いたい。買《こ》うてきてくれ』。このときも僕、走りました、街中リサーチしに。ぱっと見て、こいつはいかにも悪人や、みたいな奴に声かけて。〝奴だな〟とチェックして。しかし、有るもんですね、アメリカは。ありました。売人を見つけたんです。プッシャーて呼ぶんですね向こうの人は。たくさん売ってもらいましたんで。その晩だけは酒飲むのやめて、乱交パーティですわ。嘘ですよお。男六人、ホテルの部屋に陣取って。緊張しますねえ、ああいうときは。何せ見つかったらお縄になる場合もあるんですから。日本よりはフリーですけどね。ま、非合法のブツですけど、師匠が音頭とって云《い》い出したんですから、これは断るわけにいきません。

で、円陣を組んでみんなでぼつぼつ吸い出したんです。煙草とは全然匂いが違う。しばらく目をつむってじっとしてたんですが、何の異変も起こらへん。二本目を回すことにしたんです。橋次兄さんが、

『窓の鍵しめて、開けられんようにしとけ』

と言いはった。あれは何ですか、兄さん」

「いや、自分が飛べるような錯覚におちいってやな、ホテルの十八階から飛び降りたら、えらいことやと思うたんや、わしは」

「そら、たいそうに気を使《つこ》てもろて、ありがたいことです。で、二本目吸い終わった頃からですわ、おかしなったんは。橋弥兄さんが『くつっ、くつっ』と笑い出し始めましてん。で、考えるとたしかにマリファナ吸うとすごく楽しくなって、笑い出すと書いた本、見たことある。そうか、橋弥兄さん、効いてはるんや、と思うとるうちに、あれ、つられ笑いいうんですか、僕までおかしなって、小声で笑い出してしもうた。それが徐々に移っていって、とうとう師匠まで笑い出しはったんです。それを潮にして、一同全員ぶわっはっはっは、と大笑いになった。僕らもう笑い過ぎてお腹痛なってね。もうかんにんしてくれ、の世界ですわ。そしたら橋次兄さんが、僕に向かって、『橋七、おまえ、その頭の上の輪っかは何や。いつもつけてたか』

それでどっとまた笑いが起こって、ひいひい言《ゆ》うて、ちょっとおさまったかな、というところで師匠が言わはったんです。

『鬼が来る！』

て……。僕らまたそれで大笑いですわ。そんなんで、楽しい夜やったんですが」

「次の日がいかんかった」

とおれが話を引き継いだ。

「ガイドのミリアムさんにあげようというんで、実はマリファナ煙草を一本残してあったんや、我々。で、ミリアムさんにあげると、ミリアムさん、まず鼻で匂いを嗅《か》いで、けったいな顔してはる。次にミリアムさん煙草の葉っぱを少してのひらの上に出して観察してから、こう言った。

『コレハ、マリファナトチガイマス。タダノ〝シバフ〟ノハッパヲカワカシタモノデス』

みんなきれいにだまされとったわけや、プッシャーに。それはそれで仕方のないことだ、と、仮に納得しといてやな。問題はマリファナパーティにあるんや。あのくつくつ笑い出した橋弥兄さんの笑い、それにつられてのあのホテルの部屋での大爆笑。あれはいったい何やったんや。何が『後光が見える』や、何が『鬼が来る』や。あれの始末を、誰がどうつけてくれるんや」

おれはそろそろ酔ってきたらしい。ろれつがうまく回らない。理を追求するタイプの酔っ払いだ。

「責任は誰にある」

おれは仏さまの前までよたよたと歩きながら行って師匠に向けて言った。

「犯人はお前だ」

そう言うと、師匠の傍らにある日本刀を取り上げ、すらりとさやを払うと、切っ先を師匠の喉元にぴたりと突きつけた。

「どうだ、反省してるのか、このボケ師匠」

と、

「まあまあ落ちついて」

と肩に手が当たった。橋次兄さんの手だ。

「そんな物騒なもの振りまわして、また死人作るつもりかえ。そんなものは収めておさめて。自分の席へ帰る。そうそう、そのお膳またいで。座って。そうそうそうそう。そうなんだ。それが問題なんだ」

橋次兄さんもだいぶ酔ってるな、と、おれは酔眼もうろうとしながらも兄さんの方を見た。兄さん、何か変なことを言ってる。

「それが問題なんだ。たとえば我々は『らくだ』をやる。あの中に〝死人《しびと》のカンカン踊り〟というものが出てくる。しかし、我々はほんとうに〝死人のカンカン踊り〟なるものを見たことがない。これを見てから演じるのと、見ずに演じるのでは咄が違ってくると思うんや。ところが今夜は通夜で無礼講やというやないか。この際、師匠に最後の教えを乞うとしようやないか。死人のカンカン踊りや。おれは右手の役をやる。あと左手と右足左足残ってるが、どうや」

「オレ、左手やりまひゅ」

と橋七が応えた。

「おれ右足」

「おれ左足」
と、矢つぎ早に橋枝、橋弥がそれぞれのセクションをぶん取った。
志津子ねえさんが失神した。
かくして橋鶴師匠の最後のカンカン踊りが夜中の四時頃始まった。
おれは音楽を受け持った。
三味線《しゃみせん》を家の中から見つけ出し、二上《にあが》りで、

♬えらいこっちゃえらいこっちゃ
えらいこっちゃ♪

師匠が、かくかくと舞う。

♬吉原あたりが大火事じゃ
おそそで建てた家じゃもの
ぼぼ〜燃えるのは当たり前
そぉれ当たり前〜♪

死人のカンカン踊りは明け方の六時まで続いた。みんな一人当たり七、八合の酒を飲んでいたと思う。役割りは次々に変わり、おれも左足だったか右足だったかを担当させられた。

一度失神した志津子ねえさんは、目を覚まし、踊っている師匠を見て、また失神しはった。

というわけで、わあわあ言うております、「寝ずの番」半《なか》ばでございました。

黄色いセロファン

「今からぎょう虫検査の用紙を配る」

田井中先生がブルドッグのような顔をほころばせて言うと、六年二組の教室には軽いどよめきが起こりました。でも大半が、何のことなのかわからないようでした。

先生は机の列ごとに検査用紙をまとめて置くと、後ろへまわしていくようにと指示しました。

「ぎょう虫というのは」

先生は教壇にもどると、渋い声で言いました。

「ぎょう虫というのは寄生虫の一種だ。小さくて五ミリから一センチくらいの大きさだ。白くて細長い。こどもの直腸あたりにすんでいる。夜中に肛門からはいだして、その近くに卵をうむ」

げえーっ、という声が教室の中に起こりました。先生は検査用紙をかざして、

「この検査用紙は、その卵があるかないかを調べるものだ。中にはセロファンの用紙がはいっている。朝起きてトイレにいったときに、このセロファンを肛門にぴたっと貼りつける。風呂にはいった後なんかはだめだぞ。必ず朝起きたときにやるように。その検査用紙をもとの袋にいれて、名前を書いて、明日提出するように。いいな」

「はあい」

渋々といったようすの答えが教室に起こりました。

ぼくは配られてきた検査用紙を、窓からこぼれてくる陽にかざしてながめました。パッケージの中に、黄色いセロファン紙がはいっていました。ぼくはそれをランドセルの中にしまいながら、二列むこうの河口晶子さんの方をちらりと見ました。河口さんは隣の列の井上さんと何かひそひそ話をして笑っていました。さらさらした河口さんの髪に「天使の輪」ができていました。愛くるしい顔から白い歯がこぼれて、河口さんはほんとうに天使のようでした。

「ぎょう虫検査だって。河口さんに肛門なんかあるんだろうか」

ぼくは考えました。

「いや、ないに違いない。河口さんがうんこなんかするわけがない」

ぼくはそう思いました。

河口さんは、可愛いだけでなく、勉強もよくできるので副級長をしています（級長はぼくの親友の松本くんです)。ぼくはあまり勉強をしないので、成績はクラスの中の上というところです。河口さんは勉強だけでなく、運動もよくできます。体育の時間がぼくは楽しみです。運動が好きなわけではなく、河口さんのブルーマ姿が見られるからです。河口さんのすらりとした脚を見ていると、ぼくはぽかんとしてしまって、そういうときにはよくボールが飛んできたりします。

「小島、小島」

誰かが呼んでいます。

「え?」

後ろの席の平沢くんでした。

「え、何?」

「お前、また河口さんの方見てるな」

「え、いや。そんなことないよ」

「ウソつけ。鼻の下がでろれーんとのびてるぞ」

「のびてるのびてる」

と隣の列の玉本くんが言いました。

「のびてないってば」

と騒いでいるところへ、田井中先生の声。

ました。

「そこうるさい。小島、玉本、平沢、廊下に立っとれ」

しゅんとなって廊下へむかう我々を、級長の松本くんがにやにや笑ってながめていました。

次の日の朝、玄関口でお母さんのいつもの口癖が鳴りひびきました。

「何か忘れてるものない？」

あ、忘れてる。ぼくははきかけていたクツを脱ぎました。ぎょう虫の検査を忘れていたのです。ランドセルの中から検査用紙を出すと、トイレに直行しました。

便座にすわって、検査用紙のパッケージのふたをぴりぴりとはがすと、中から黄色いセロファン紙が出てきました。それをしばらくながめた後、おそるおそる腰を浮かせてお尻の穴に押しあてました。粘着質になっているセロファンの片面がお尻の穴にぴたりと貼りつきました。なんだかもぞもぞとして腰のすわりが悪いような変な気持ちです。しばらくそれを貼りつけていたあとで、セロファンをはがしにかかりました。セロファンは少していこうをしていましたが、やがて「みりん」という感じではがれました。そのはがれたときにぼくは思わず、

「あ」

という小さな声をもらしてしまいました。何が、

「あ」

だと自分でも思ってしまいましたが、今まで味わったことのないような、とても変な気持ちがしたのです。

二時間めと三時間めの間に、衛生委員が例の検査用紙を集めてまわりました。

「小島のはうんこついてるんじゃないか」

と松本くんがぼくに言いました。

「お前のこそ、ぎょう虫の卵が山ほどついてるんだろう」

とぼくは言い返しました。

玉本くん、平沢くん、ぼく、松本くんはしばらくわいわいと騒ぎました。結局のところ、みんな恥ずかしかったのです。

騒ぎながら、ぼくはそっと河口さんの方を見ました。河口さんは静かに検査用紙を衛生委員の手に渡していました。でも、河口さんのほっぺたがまっ赤になっているのをぼくは見逃しませんでした。

「やっぱり河口さんにも肛門があるんだ」

とぼくは思って、少しおどろきました。

河口さんも、ぼくみたいに、

「あ」

と言ったのだろうか、と考えるとぼくはとても興奮しました。

ぼくは今朝、「みりん」とはがした後、窓の陽にかざしてみたセロファン紙のようすを思い出しました。セロファン紙には、くっきりとぼくの肛門のシワシワもようがうつっていました。

河口さんのもあんなふうになっているんだろうか。もしそうなら、
河口さんのセロファン紙が
「欲しい」

とぼくは思いました。そんなものを手に入れてどうしようというのか、そこまでは考えていませんでしたが、とにかくとても手に入れたいと思いました。

でも河口さんの黄色いセロファン紙は、衛生委員の手にしたカゴの中におさめられて、やがてぼくの手の届かない保健室へ運ばれていってしまったのでした。

今日の給食はメルルーサのフライとキャベツの酢漬け、パンと野菜のスープでした。ぼくはおかずをざっとたいらげると、パンを机の中へ放り込みました。パンがきらいなわけじゃなくて、早く校庭へ行って、ドッジボールの場所取りをしたいからでした。教室からかけだそうとするぼくの背中に、松本くんの声が追っかけてきました。

「おい、小島くん、ちょっと待てよ」

ぼくはふりむいて、ちょっといらいらした声でたずねました。松本くんは言いました。

「何？」

「ちょっと話があるんだ。玉本くん、平沢くんも、もう食べ終わったか。じゃあ、階段の踊り場のところへ、ちょっと集合してくれないか」

ぼくたちは少しきょとんとしながら踊り場へむかいました。松本くんは本を一冊、手にして、ぼくらより少し上の階段に腰かけました。そして言いました。

「いいか、みんな。わかったんだ」

ぼくらは狐につままれたような顔になりました。平沢くんがたずねました。

「わかったって、何が？」

松本くんは自信たっぷりに答えました。

「おまんこのことだよ。おまんことかセックスというのは、何をどうするのか、やっとわかったんだ。あれはね、つまり、男のおちんちんを女の人のおまんこの穴に入れることなんだ」

「嘘つけ」

と平沢くんが言いました。

「そんなことしたら、女の人はお腹《なか》に穴があいて死んでしまう」

なるほど、そのとおりだ、とぼくは思いました。女の人の穴というのは、ぼくらのおちんちんの、おしっこの出る穴くらいの大きさだ、とぼくはバクゼンと思っていたからです。そんなちっちゃな穴に大人の人のでっかいおちんちんがはいるわけがない。むりやりそんなことをしたら、平沢くんの言うとおり、女の人はお腹に穴があいて死んでしまうでしょう。でも松本くんは言いました。

「いや、証拠があるんだ」

松本くんは手にしていた本をふりかざして言いました。

「これはオヤジの本棚からパチってきた、イシハラ・シンタローという人の本だ。ここに書いてある。いいか、読むぞ」

松本くんは、折り目をつけてある本の頁《ページ》を開いて読み始めました。

「哲夫は、道子のチツに、自分のインケイをソウニュウした」

まわりの反応を楽しむかのようにながめ渡して松本くんは、

「どうだ。はっきり書いてある。インケイをチツにソウニュウするんだ。これがつまり、おまんこするということだよ」

「でも」

と平沢くんは言いました。

「そんなことをしたら、女の人は死んでしまう」

「そうだよ。死んじゃうよ」

とぼくもあいづちをうちました。

と、玉本くんがしばらく考えた後で言いました。

「いや、ひょっとしたら、そうなのかもしれない」

「何、どうしたの」

「ぼくの家は市場の店だろ。市場の裏でたくさん犬を飼ってるんだ」

「それがどうしたのさ」

「犬はね、さかりがつくと、そういうことをしてる。オスがおちんちんをメスの穴に入れてるんだ。くっついて離れないこともある。ぼくのお父さんなんか、交尾してる犬に、よくバケツで水をかけているよ」

ぼくは思わず言いました。

「人間と犬とは違うよ。人間がそんな野蛮なことするわけがない。たとえば、きみらのお父さん、お母さんが、そんなことしてると想像できるかい」

「絶対にありえないね」

と平沢くん。

「田井中先生が奥さんとそんなことしてると思うかい」

「してないしてない」

「校長先生がそんなことすると考えられるかい」

「絶対に考えられない」

松本くんと玉本くんは少しひるみました。

松本くんが言いました。

「でもこの本には確かに書いてある。インケイをチツにソウニュウするって」

四人は黙り込んでしまいました。

しばらく考えたあとで、ぼくが口を切りました。

「こう考えたらどうだろう」

玉本くん、松本くん、平沢くんの目がぼくに注がれました。

「たとえばさ、世の中には悪人というものがたしかに存在する。でもぼくはいまだに悪人をこの目で見たことはない。みんなそうだろ。悪人を見たことがあるかい」

みんなが首を横にふりました。

「それと同じことで、世の中にはたしかにおまんこをする人がいる。でも、それは一部の特殊な人のやることなんだ。悪人を見たことがないのといっしょで、おまんこをする人も、ぼくらとは関係のないところで生きている、特殊な人なんだ」

「なるほど」

と松本くんがうなずきました。ほかのみんなも首をたてにふりました。

「そうだとしたら、あれだなあ」

玉本くんが空をあおいで言いました。

「ぼくは、一生に一度でいいから、してみたい」

ぼくたちは、玉本くんにキックを入れて倒すと、口々に、

「このドヘンタイ!」

とののしりました。


「インケイをチツにソウニュウか」

お父さんはそう言ったあと、ビールを飲みながら、わっはっはと笑いました。

「言い得て妙だな」

枝豆をつまみながら、お父さんは、

「そんなこと、小六になるまで知らなかったのか。性教育をしてないのか、お前の学校は」

ぼくは性教育は受けている。でもそれは卵子に精子がくっついて云々《うんぬん》の話で、何をどうすれば卵子に精子がくっつくのかは教えてもらわなかった。

お父さんはぼくの顔をじっと見て言った。

「その松本くんの言うのが正しいんだ。お父さんがおちんちんをお母さんのチツにソウニュウした結果お母さんの卵子にお父さんの精子がくっついて、そうしてお前が生まれたんだ」

ぼくにはかなりショックな一言でした。

「え。そんなことをお父さん、お母さんにしたの。お母さん、痛がらなかったの」

「いいか」

とお父さん。

「チツっていうのは、お前の考えてるよりずっと大きいんだ。なにせ、赤ちゃんがそこを通って出てくるくらいなんだからな。とても広い。ことにお母さんのはとても広い」

「へえ、お母さんのはとくに広い」

「おい」

とお父さんがあわてました。

「冗談だ。お母さんには言うなよ」

ぼくは少し考えてから言いました。

「そうなのか。でも、でもそんなこと、特別の日にしかしないんだろ」

「特別の日って」

「たとえば一年に一回、さかりがついた日とかさ」

「ああ、それは」

お父さんはビールを飲んで、なぜか苦笑いしました。

「そうだなあ。めったにはしないなあ。うん。一年に一回くらいだ」

「妹のなずなも、それでできたんだね」

「ああ、そうだ」

「お父さん」

「何だ」

「ぼくも大人になったらそんなことするんだろうか」

「どうだろうなあ。する人もいるし、一生しない人もいることはいるんだろうし。でも、する人の方がずっと多いだろうなあ」

「そうなの」

僕は考え込みました。ぼくは、誰とすることになるんだろう。もし、もしできることなら、僕は河口さんとしてみたい。玉本くんじゃないけれど、一生に一回でいいから河口さんとしたい。そう考えていると、あっという間におちんちんが、大きくかたくなってきました。

「おい、お前、なにをぼーっとしとるんだ」

お父さんが言いました。

「え。何でもない」

と、ぼく。

「そうか。今日はひとつかしこくなったな。日記に書いとけ」

お父さんはまたビールを飲むと、ナイターの方にむきなおりました。


「この前のぎょう虫検査の結果が出た」

と、田井中先生が言うと、教室がざわざわとなりました。

「今から呼びあげる者は、ぎょう虫が発見された者だ。クスリを渡すから、先生の前まで取りにくるように」

教室のざわざわはもっとひどくなりました。

「あ。ひとつ言っておくが、ぎょう虫がわいたからといって、それは何も恥ずかしいことじゃない。なぜぎょう虫がわくかと言うと、それは生野菜をよく食べるからだ。野菜にやる肥《こえ》の中に、ぎょう虫の卵がまじっていることがある。そういう肥のかかった生野菜をサラダなんかにして食べると、卵がからだの中でかえって、ぎょう虫になる。だから、サラダをよく食べる家の子はぎょう虫のわく確率が高い。そういうことだ。だから決して恥ずかしいことじゃない。ぎょう虫のいなかった子は、決してぎょう虫のいた子をいじめることのないように。では今からアイウエオ順に呼んでいくからな。まず、一番は、阿木。阿木定夫」

阿木くんが、顔中まっ赤になりながら先生の前へ行きました。教室にはどっと笑い声が起こりました。先生は、紙袋にはいったクスリを阿木くんに渡しながら、

「これを一日一回、朝ごはんの前にのむように。いいな」

「はい」

阿木くんは、まっ赤な顔になりながらも、ピースマークを出して、ひょこひょこと自分の席にもどりました。先生はなおも生徒の名を呼びつづけます。

「宇野」

「江頭」

「大島」

みんな、照れに照れて、クスリをもらいに行きます。

「河口」

と先生が呼びました。

え⁉

教室が一しゅん、シーンとなりました。シーンとなったその後に何とも言えないどよめきがわき起こりました。

〝河口さんがぎょう虫？〟

ぼくは信じられない思いで河口さんの方を見ました。河口さんは、耳のつけ根までまっ赤になりながら、席をたつところでした。

〝河口さんにぎょう虫〟

ぼくはもう一度心の中でくり返しました。

河口さんが先生の前に行ってクスリをもらう間も、いろんな考えが頭の中をかけめぐりました。河口さんが席にもどるまで、ぼくの頭の中は混乱していました。そして、結果的にぼくの頭の中に残ったのは、たったひとつの考えでした。ぼくは、もう、人間でなくてもいい。そうぼくは考えました。できることなら、

「河口さんのぎょう虫になりたい」

それがぼくの結論でした。

お父さんのバックドロップ

クマ殺しのカーマン

「やっぱり、空手だよね。中学に入ったらぜったい空手をならうことにきめたよ、ぼく」

こうふんのあまり、道ばたの郵便ポストに向かってまわしげりを入れはじめたタケルを、下田くんはめがねごしに冷たい目で見た。

「あ、そう」

と、気のない返事をした。

「だって、見たろう、さっきの？」

タケルはもう一度、〝クマ殺しのカーマン〟の黒光りした顔とするどい眼光を思いだし、武者《むしゃ》ぶるいをした。ふたりはさっきまで、通りかかった電気屋の店頭で、テレビにうつったカーマンのすがたを見ていたのだった。

ボブ・カーマンは有名な黒人の空手家で、通称〝クマ殺しのカーマン〟とよばれていた。ロッキーの山のなかにこもって空手の特訓をしていたときに凶暴なクマにおそわれたのだが、ぎゃくにそのクマを空手でたおしてしまったという伝説の持ち主なのだ。そのカーマンが、空手の世界大会のために日本にきたところを、テレビが取材していたのだった。

カーマンは二メートル近い大男で、マイクをさしだすアナウンサーがまるで子どものように小さく見えた。無口なのだろう、質問にも手短《てみじか》に最小限の答えをするだけで、ほおにわらいひとつうかべない。

「今回の大会でも、ほとんどまともに相手になれる選手がいないのではないかという、クマ殺しのカーマン選手でした。では、カーマンさん、さいごに日本のファンたちのために、なにか空手の型を見せていただけませんか？」

アナウンサーのことばを通訳がカーマンにつたえると、かれはそのときはじめてニヤリと笑みをうかべた。カーマンはなにを思ったのか、自分がそれまでかぶっていたハンチングぼうを、アナウンサーの頭の上にひょいと軽くのせた。アナウンサーがふしぎそうな表情になったとたん、カーマンの体が宙にういた。

ブン、という短い音がして、ハンチングぼうが空中高くまいあがり、つぎにカーマンの手のひらにふわりと落ちてきた。カーマンは二メートルの巨体で宙を飛び、アナウンサーの頭すれすれにまわしげりをして、ぼうしだけに当てたのである。

「信じられないよね。あんなにおっきな体で、あんなスピードが出るなんて。足が動いたのもよく見えなかったものね」

タケルは思いだして、またもや、さっきのこうふんがよみがえってくるのを感じていた。

ところが、下田くんはそんなタケルを見て、ふん、と鼻でわらってみせたのだった。

「ああ。たしかにあいつは強いだろうさ。でもね、いまの時代に空手が強いからって、いったいなんになるの？」

「え？……だって……」

「アメリカじゃ、ふつうの人だってピストルをもてるんだよ。そんなところで空手が強いっていばったって、なんの役にもたたないよ。女の人だって、そう、ぼくだって、ピストルをもっていたら、カーマンにかんたんに勝てるよ。そうじゃない？」

タケルは、こうふんに水をさされてすこしシュンとなってしまった。下田くんはさらに追いうちをかける。

「それにさ、武道とか武器を使ってけんかするなんて、時代おくれの人のすることだよ。そんなのは幼稚で、頭のよくないものどうしのけんかなんじゃない？　いまの時代のけんかってのは、もっと目に見えないもの、経済力とか政治力とか思想とか、そういうもので勝負するんだよ。そのけんかに勝った人間が、世の中を動かしていくんだろ。空手や、けんかがいくら強くったって、せいぜい、そういう人のボディガードにやとわれるのがおちさ」

　タケルは下田くんの明快な論理に、返すことばがなかった。くやしいけれど、そういわれればそのとおりのような気がする。タケルの頭のなかで、さっきまでかがやいていた〝クマ殺しのカーマン〟の像が、きゅうに色あせていった。

　下田くんは、クラスのみんなから〝ガリ勉〟とかげ口をたたかれているが、たしかに勉強はよくできる。成績はいつも学年で三番よりさがったことがない。一番をだれかにとられたときには、下田くんはくやしさをかくすのにけんめいの顔つきをする。

　そうか、下田くんはもう〈いまの時代のけんか〉の練習をしているんだ。そしてきっと勝ちすすんでいくにちがいない、とタケルは思った。

ヌッと立った大男

　それからしばらく歩いて、ふたりは下田くんの家についた。タケルは下田くんからパソコンの入門書を借りるやくそくをしていたのだ。

下田くんの家にいくのはこれがはじめてだった。かなり古いマンションの三階である。下田くんがドアのノブをまわすと、かぎがかかっていた。

「あ、お母さん、るすだな」

下田くんはそうつぶやくと、ポケットからかぎをとりだして、なれたようすでドアをあけた。

「さ、入んなよ」

タケルはだれもいないはずのおくに、

「おじゃましまーす」

とひと声かけてから、下田くんのあとについて、げんかん横の下田くんの勉強部屋に入った。部屋のなかは本でいっぱいで、それもきちんと整理されている。下田くんはその本のなかから二、三さつパソコンの本をぬきとって、タケルに手わたした。

本をひらいて下田くんの解説がはじまりかけたときに、げんかんのところでガチャガチャと物音がした。

「カズオ、カズオ。帰ってるんでしょ？　ちょっとてつだいにきて！」

「あ、お母さん、帰ってきた」

タケルも、あいさつをしに下田くんといっしょにげんかんに出ていくと、下田くんのお母さんがひたいにあせをうかべて、上がりかまちのところにすわりこんでいた。うでにいっぱいのスーパーのふくろをかかえている。

「これ、友だちのタケルくん」

「あ、おじゃましてます」

ペコリとおじぎをしたタケルに、お母さんはハァハァ息をつきながら、カズオがいつもおせわになってます、といった。

「ちょっと、カズオ、これ、お台所へもっていって。ああ、重かった。お母さん息がきれちゃって。え？　ううん、冷蔵庫入れなくていいから、流しのとこにおいといて。これ、お肉が二キロでしょ、じゃがいもが四キロに、キャベツに……。あ、それからお米一升《しょう》と二合《ごう》、ライサーから出しといてくれる？　お母さん、すぐしたくするから。まったくきゅうに帰ってくるっていうんだから。……お肉、たりるかしら……？　たりるわよね」

タケルは、しばらくポカンと口をあけてお母さんを見ていた。お米が一升と二合？お肉が二キロ？　それでたりるかって？……だれが食べるんだろう、そんなに。それとも下田くんちって十人家族とかなんだろうか。

下田くんのほうを見ると、下田くんはなんだか不安そうな顔つきになっている。

「ね、お母さん。ひょっとして、お父さん帰ってくるの？　九州にいってるはずでしょ？」

「それがね、さっき空港から電話があって、予定がすこしかわったんで、いま帰ってきたって。もうつくんじゃない」

それを聞くと、下田くんはタケルのほうを見て、すこしあわてた口調でいった。

「あの、タケルくん。そういうことだから、きょうは本もって帰って。こんどゆっくり遊びにきてよ。ね？」

お母さんはこれを聞くと、あきれた顔になって、

「まあ、なにをいってるの、この子は。いいじゃないの、ゆっくりしていただいたら。そうだ、タケルくん、おうちに電話しときなさいな。晩ごはん、いっしょに食べるといいわ。かまわないでしょ？」

「あっ、そんなのいけないよ。タケルくん、きっとしかられるよ。おうちでごはん用意してるもの。ね、そうだよねタケルくん？」

下田くんは、なぜか一刻も早く帰したがっているようだった。タケルがとまどってもじもじしていると、げんかんの外で、
ゴン！

と大きな音がした。そしてガラガラの太い声が、

「うわっつ。いててててて。またやっちゃったよ。なんでこんなにかもいが低いんだ。

ちくしょうめ！」

おでこをさすりながら、ばかでかいかげが、げんかんのドアをくぐるようにしながら入ってきた。たたきのところにヌッと立ったその大男を見たとたん、タケルは声をあげそうになった。下田牛之助《うしのすけ》だ。

日本人のくせに、金髪にそめたその頭と鼻の下のひげ。一メートル九十センチはある、がっちりとした体格。小さなするどい目。まちがいない。タケルもなんどかは、雑誌の写真で見たことがある。下田牛之助だ。

「下田くんのお父さんって……プロレスラーだったの？」

下田くんは視線を下に落としたままで、タケルの問いにこたえようとしなかった。

悪役レスラー

その週が明けた日曜の夜、タケルはテレビのまえで、プロレス番組がはじまるのをわくわくしながら待っていた。その日は、ジャイアント古葉《こば》と下田牛之助のシングルマッチが放送されるはずだった。

タケルはいままで、テレビでちゃんとプロレスの試合を見たことがない。家族みんなで見るバラエティ番組と重なっているので、チャンネルをまわすときにチラッと見るていどなのだ。お父さんはプロレスをばかにしていて、あんなものは八百長のショーだというので、タケルもあまり興味がもてなかった。

しかし、ああやって実物の下田牛之助をまえにして、しかもそれが友だちのお父さんで、いっしょにごはんまで食べたのである。試合を見て、おうえんしたくなるのはあたりまえだろう。

下田牛之助は日本人にはめずらしい〈悪役〉レスラーで、〝金色のオオカミ〟とよばれて、きらわれている。しかし、同じテーブルでごはんを食べた牛之助は、あまり上品ではないけれど、おもしろくて気のいいおじさんだった。

その夜の下田くんの家のごはんは焼き肉だった。お母さんがフーフーいって買ってきた例の二キロの肉を、牛之助は半分以上ひとりでたいらげた。お米も大きな一合入りのどんぶりで八ぱい食べた。そしてそのあいだに、ビールを十二本飲んだ。ぜんぶおなかにおさめてから、牛之助はそのおなかをパシッとたたいて、いった。

「ダイエットちゅうだったな。これくらいにしとこう」

目をまるくして見ているタケルを見ると、牛之助は歯を見せてわらって、

「おれなんか、レスラーのなかじゃ、食わねえほうだぞ。地方へいってな、食堂が一、二けんしかないような小さな町で試合をすると、あとがたいへんなんだ。町じゅうの食い物が、ほんとにぜんぶなくなっちまうんだ。若い連中は、ブタ一ぴきくらい食っ

ちまうからな。おれなんかはもう年だから、小食だよ」

タケルはおそるおそるたずねた。

「いくつになるんですか？」

「おれか。四十三だ」

「あの、おすもうさんなんかは、だいたい三十歳ぐらいで引退するでしょ？　レスラーの人はよく体がもちますね」

「アメリカじゃ、六十歳で現役のおっさんもいるぞ。四十なんざ、まだ若造だ」

「あの、へんなことを聞いていいですか？」

「だめだ。へんなこと聞いたらバックドロップかけるぞ」

牛之助はそういってタケルをにらんでから、目を糸のように細くしてわらい、じょうだんだよ、といった。

「ぼくのお父さんがですね、プロレスってのは、その……」

「八百長だって、いうんだろ？」

「え……ええ」

「ぼく、ちょっとこっちへきて、おれの腹にさわってみろ」

タケルは近づいて、牛之助がさしだしたおなかをこわごわさわってみた。それはふっくらまるい外観とはちがって、石のようにかたかった。

「おもいっきりなぐってみろ」

「え？　でも……」

「いいから、なぐってみろ」

タケルはいわれるままに大きなモーションをとると、全身の力をこめて、そのおなかをなぐってみた。とたんにセメントのかべでもなぐったような手ごたえがあって、うで全体にじーんとしびれがきた。

「しびれたろう。毎日バットでひっぱたいてもらって、きたえてるからな。うでだって、ほら、見てみろ」

と、牛之助はゆかたのそでをまくって、力こぶをつくってみせた。それはおとなの男の人のどうまわりくらいあった。

「ベンチプレスといってな、バーベルをあげるんだが、おれは二百キロので練習してる」

「二百キロ……」

タケルは息をのんだ。

「な？　人間じゃねえんだ。怪物だよ、怪物。そんなのが本気出しあって戦ったらどうなる？　殺しあいだよ。それをやらないのを八百長だっていうんなら、八百長だわさ、たしかに」

すっかり感心したタケルは、ことばをうしなって、牛之助の首すじにもりあがった筋肉を見つめていた。

それとは対照的に、下田くんのほうはずっと無口で、どちらかといえば、お父さんから目をそらせているような感じがあった。

牛之助はごはんがおわると鼻歌をうたいながら、台所でお母さんの洗いもののてつだいをはじめた。そのうちにおさらを一まいわって、お母さんにしかられ、しきりにあやまった。タケルはふきだしそうになるのをけんめいにこらえていた。

タケルが思いだしわらいをしそうになったそのとき、テレビの画面から勇壮なロックの曲が流れてきた。試合がはじまったのだ。キラキラかがやくガウンをまとったジャイアント古葉が、何人ものつき人にガードされながら入場する。身長二メートル七センチ。〝東洋の巨人〟とよばれ、二十年近くもトップの座をまもっているレスラーである。

テーマ音楽が一転して、なにやらホラー映画のようなぶきみなひびきの曲にかわった。反対側の通路から、下田牛之助の入場である。お客さんが左右に道を大きくあけて、遠まきに牛之助をながめている。

牛之助は、中世の騎士のよろいのようなものを上半身につけている。そのよろいの肩のあたりについたパイプから、シューシューと火花がふきだしている。花火がしかけてあるのだろう。ふりみだした金髪の下の顔は、ドーランで白ぬりにしてあり、目のまわりと口のまわりにまっかなくまどりがしてある。

赤いくちびるから、ときどきみどり色にそめた舌をヘビのようにチロチロッと出してみせる。手にもっているのは、くさりがまだ。そのくさりをブンブンふりまわすので、お客さんはあわててにげまどっている。

タケルはこのちんみょうなかっこうを見ていて、なんとなく、さっきまでのわくわくした気分がさめていくような気がした。こんな〈子どもだまし〉のかっこうをしなくても、おじさんはじゅうぶんに強そうなのに……と思った。

さんざん場内の客をおどかしてまわった牛之助は、やっとリングにあがると、中央で待っているジャイアント古葉のまえに仁王立ちになった。にらみあうふたり。タケルは、落ちかけた気をとりなおして画面を見つめた。

と、いきなり牛之助が、口からみどり色した霧をプーッと古葉の顔にふきつけたではないか。目つぶしをくらった古葉は、顔をおさえてその場にうずくまる。その上から牛之助がおそいかかった。くさりがまのくさりで古葉の首をしめあげている。あわてて止めに入るレフェリーを、こんどはくさりがまのえのところでコキンとなぐった。ひたいをおさえたレフェリーの合図で、ゴングが乱打される。反則による試合終了だ。それでも牛之助は古葉の首をしめあげている。さらに、古葉のひたいにまでかみついた。

おこった古葉は、やっとくさりをほどいて立ちあがると、牛之助の胸に空手チョップを打った。ペチッ、とへんな音がした。が、牛之助はおおげさに苦しんで胸をおさえる。リングの上に、客席からミカンやコーラのかんなどが飛んできだした。場内アナウンスが聞きとりにくい声で、

「お客さまにおねがいします。リングにものを投げないでください」

とわめいている。

タケルはそこまで見ると、テレビのスイッチを切った。なにかうらぎられたようで、とてもかなしい気分だった。見なければよかった、と思った。下田くんが自分のお父さんのことをかくそうとしたり、冷たい視線を投げかけたりしていた理由が、はっきりとわかってしまったからである。

親子げんか

タケルが牛之助のすがたを見たのは、それから一週間後のやはり日曜日のことだった。

その日、タケルはお父さんと映画を見たあとで、駅の近くのファミリーレストランにつれていってもらった。好物のエビフライを口に運ぼうとしたところで、うしろのほうから、

「なんだと、もう一度いってみろ！」

という大声が聞こえた。びっくりしてフォークをおき、ふりかえって見ると、うしろにおかれたゴムの木の葉っぱごしに、牛之助と下田くんのすがたが見えた。

牛之助はこわい顔で下田くんをにらんでいる。が、下田くんも負けずにお父さんをにらみかえしている。

「もう一度いえばいいんだね。ぼくはお父さんを尊敬していない。そういったんだよ」

「それが、自分の父親に対していうことばだと思うのか、え？」

「親だから尊敬しろっていうのはりくつになっていないよ。尊敬できる親と、そうでない親とがある。それがあたりまえなんじゃない？」

「ほう、じゃ、聞くが、おまえは、おれのどこがそんなに尊敬できないんだ」

「どこがって……。どこを尊敬しろっていうんだよ」

「なにをっ⁉」

「四十三歳になって、みどり色の霧をふいたり、くさりがまをふりまわしたりしてい

る父親のどこを尊敬するのさ」

「おまえ、おれがああいうことを、本気でよろこんでやってると思ってるのか」

「いいえ。ぼくはそんなに幼稚じゃないよ。お父さんは商売だから、ああいうことをやっているんでしょ？」

「そうだ。考えてみろ。たとえばギャング映画をつくるのにだな、出る役者みんながみんな、善玉の役をやりたいといいだしたら、どうなる？　映画ができないだろう。お客さんが楽しんで見てくれるものにするためには、そういう、そんな役まわりをする人間が必要なんだ」

「そうだね」

「おまえのいっている小学校だって、そうだろう。花のせわをする当番の子もいれば、便所そうじの当番にあたる子もいるんじゃないのか」

「そうだね」

「世の中なんて、みんなそれぞれの役割でなりたつんだ。便所そうじをさぼって、花の当番ばかりしたがるやつがすきか？」

「いや」

「みんな自分の役割をはたすために、つらい思いもするんだ。おれが毎日毎日バットで腹をなぐらせたり、砲丸を腹の上に落とさせたりしてきたえてるのはなんのためだと思う?」

「強くなるためでしょ?」

「すこしちがう。トレーニングをするのはな、〈ケガをしない〉ためだ」

「………」

「おれたちの商売はな、一年で二百回も試合をして旅をするんだ。ケガをしてしまったら、それでもうめしの食いあげだ。それにお客さんにも会社にもめいわくがかかる。だから、なぐられても、けられてもケガをしないようにきたえるんだ」

「ふうん」

「どうだ。これでもおれのことを尊敬できないか」

「できない」

「なに?」

「だって、お父さんは、オリンピックにまで出たアマチュアレスリングの選手だったんでしょ?」

「そうだ」

「じゃ、どうしてそのスポーツの世界で、コーチになるなりして、つづけなかったの?」

「それは……」

「かわりにいってあげようか。ほんとのスポーツの世界には、ほんとの勝ち負けがあるからなんだ」

「………」

「お父さんは、そのほんとうの勝ち負けのある世界に、ずっといるのがこわかったんだ。だから、みどり色の霧をふいていれば、どっちが強いかよくわからない世界へにげたんだ。だから、尊敬できない」

「カズオ……」

「ぼくはそうやって、花の当番ばかりしているお父さんみたいにはなりたくない。ぼくはぼくで、ちゃんとにげられない勝ち負けのある世界へいくよ。体を使ってじゃなくて、頭を使ってだけれど。だから勉強するんだ」

「カズオ……」

「ぼく、先に帰ってるよ」

下田くんはそういうと、すっと席を立って、おもての自動ドアから出ていった。

あとにひとりのこされた牛之助は、目のまえにおかれた半分食べかけのハンバーグのさらを、それが冷えきってしまうまで、じっと見つめつづけていた。

タケルはそのさびしそうなすがたを見ると、なんだかなみだが出てきそうになったので、あわてて目をそらせた。

牛之助の決意

お父さんが、トーストをかじりながら新聞を読んで、お母さんにしかられている。

タケルの家の、いつもの朝の光景だ。

そのお父さんの読んでいる新聞がめくられて、タケルの目のまえにスポーツ面がきた。なにげなくその面を見ていたタケルは、おもわず「アッ」と声をあげてしまった。

「なんだ、へんな声を出して」

お父さんが新聞ごしにタケルを見る。

「下田くんのお父さんだ。牛之助おじさんが……」

そのスポーツ面には、なかほどにかなり大きな見出しで、

「世界空手チャンピオン・クマ殺しのカーマンに、プロレスラーが挑戦」

と書かれていた。

タケルは、お父さんの新聞をひったくるようにとると、その記事をむさぼるように読んだ。

「このほど東京で開催された世界空手選手権大会で、事前の予想どおり圧倒的な強さで優勝をさらったボブ・カーマン（27）に、日本人のプロレスラーが挑戦状をつきつ

けた。このプロレスラーは、東洋プロレス所属の下田牛之助選手（43）。帰国のため空港についたカーマンを待ちぶせて、その場で挑戦状を手わたしたもの。カーマンが受諾して再来日をやくそくしたため、この試合はにわかに実現の可能性が強まった。カーマンはクマ殺しの異名《いみよう》をとる天才空手家。百九十八センチ百二十キロ。下田牛之助は悪役で有名だが、学生時代はグレコローマンスタイルでオリンピックにも参加したことがある」

タケルは、読んでいるうちにむねがドキドキしてきた。その記事のあとに、それぞれの選手の談話がのっていた。

「**下田牛之助選手の話**　空手大会のようすをテレビで見ていて、やる気になった。プロレス界ではもう歯ごたえのある相手がいないので、体がなまりかけていた。まあ、若造にむねをかしてやるといった心境だ」

「**ボブ・カーマン選手の話**　老人の挑戦してきた勇気だけはたたえたい。しかしかれのスピードでは、わたしに指一本ふれることはできないだろう。それにわたしのけりは、三百キロのしょうげき力をもっている。それでもクマをたおすのには二分ほどかかった。あの老人が、はたして何秒もちこたえることができるだろうか」

タケルはこのまえの電気店のテレビで見た、カーマンの信じられない速さのまわしげりを思いだした。牛之助おじさんのいっていることは、すべてはったりだが、カーマンのことばには、おおげさなところはすこしもない。おじさんはいったいなにを考えて、こんなむちゃなことをしでかしたのだろう。タケルは、いても立ってもいられない思いだった。

その日の昼ごろ、取材陣でごったがえしている下田くんのマンションのまえに、一台の黒ぬりのリンカーンが横づけになった。

なかからのっそりと出てきたのは、雲をつくばかりに背の高い男だった。葉まきタバコをくゆらしながら、マンションを見あげた。

「ジャイアント古葉だっ!」

報道陣のあいだからおどろきの声がもれ、それはすぐに、カメラのフラッシュのこうずいにとってかわった。

それを気にもとめないようすで、古葉はゆっくりとエレベーターに乗り、三階の下田家のチャイムを太い指でおした。

「あの、取材はおことわりしておりますので……」

アンサーフォンから、下田くんのお母さんのつかれきった声がひびいた。

「古葉です。牛《うし》やんに話があってきた」

あわててドアのロックをはずす音が聞こえて、古葉の長身は中へまねきいれられた。

ゆうゆうと入ろうとした古葉は、入り口のかもいのところで頭をおもいきりぶつけた。

ゴン！

「あ、ぱあ……」

とうめき声をあげながら、ひたいをおさえた古葉が応接間にあがる。

「おっ、古葉ちゃん。あんたも打ったのか。おれもあのかもいはよくやるんだ。あんたのチョップよりはよっぽどきくぞ」

ニタニタわらいながら、牛之助がむかえでる。

「どうしたね、わざわざ出向いてくるとは？　いっぱいやるか」

牛之助がウィスキーのびんをとろうとすると、古葉は首をふった。

「昼間の酒は体によくない。牛やん、なにを考えてる。会社にことわりもなく、あんなことをしでかして？」

「なにも考えてない。古葉ちゃんが知っているだけのことしかやっていない。戦うのさ、ボブ・カーマンと」

「わたしはね、さっき国際電話を入れて、アメリカのカーマンと話をしたよ」

「なにをだ？　よけいなことをしたんじゃないだろうな」

「したさ。申し入れをした。ファイトマネーはそちらに七割わたすから、試合は引き分けにしろってな」

「ばかなことを……」

「だが、むだだったよ。いいか牛やん。あのクマ殺しはな、ガチンコであんたとやるつもりなんだぞ」

ガチンコというのは、真剣勝負のことをさすプロレス界のことばである。

「あたりまえだろう。おれもそのつもりだ。よけいなことはせんでくれよ。」

「牛やん。あんた、気はたしかなのか。自分のことをわかっているのか。あんたはな、四十三歳で、体じゅうにガタのきた、みどり色の霧をふくしか能《のう》のない、こけおどしのレスラーなんだぞ」

「自分といっしょにするんじゃねえ。おれはこれでもオリンピックに出た……」

「その話はもう聞きあきた。いったい何年まえの話だと思ってるんだ。あいては二十七歳の現役のバリバリなんだぞ。殺されるぞ、あんた」

「こんどは、クマをやめて、牛殺しか」

「いいか。わるいことはいわない。当日になったら病院にかけこめ。食中毒でもなんでも病名はいい。あとのトラブルはわたしが処理するから。わかったな」

それだけいうと、ジャイアント古葉はゆっくり立ちあがり、出口に向かった。その背に向かって牛之助が、

「古葉ちゃん」

「……なんだね」

「勝ちたい。いい方法があったら教えてくれないか」

古葉はのろのろと頭を左右にふって、

「ピストルをもっていくんだな」

とこたえ、ドアをしめた。

逆転のバックドロップ

テレビの画面に、超満員の国技館がうつしだされていた。

リングの中央に〝クマ殺しのカーマン〟と下田牛之助が立っている。いま、日本とアメリカのそれぞれの国歌の吹奏がおわったところである。

タケルと下田くんは、食いいるようなまなざしで、画面を見つめていた。下田くんのお母さんは、もうテレビを見る勇気がなくて、和室の間《ま》にひきこもって、仏だんにむかってなにやらとなえている。下田くんもへんに意地をはって、国技館にお父さんを見にいこうとはしなかったのだ。

リングの上では、アナウンサーがマイクでボブ・カーマンの名前をコールした。満場から、われるような拍手がわきおこった。

カーマンはガウンをぬぎすてると、両手を高くあげて歓声にこたえた。二メートルの長身が、一グラムのぜい肉もないひきしまった筋肉をまとって、黒光りしている。

つぎにアナウンサーが、下田牛之助の名をコールした。とたんに会場から、

「霧をふけ！」

というヤジが聞こえた。どっとわらいがおこる。

牛之助は、いつものはでなコスチュームではなくて、アマチュアレスリングのウェアに身をつつんでいる。いつもならあれくるうはずのところなのだが、きょうは静かな目で会場を見わたした。そしてアナウンサーのほうに歩みよると、マイクを貸してくれ、という身ぶりをしてみせた。意外な展開に、会場がシーンとしずまりかえった。

マイクを手にした牛之助は、低いしゃがれた声でしゃべりはじめた。

「みんな、聞いてくれ。おれは、いまから空手とやる」

ワーッと拍手がおこった。牛之助はそれを手で制して、さらにしゃべった。

「正直にいってやろうか。おれは……こわい。ひざがガクガクするくらいにこわい。負けるのがこわい。死ぬかもしれない。しかし、もっとこわいのは、きょうかぎりで、もう二度とリングに立てないのじゃないか、ということだ」

会場がザワザワしだした。

「おれはこのリングに立つのが大すきだった。二十何年間というもの、あしたはもうリングに立てないんじゃないかと、そればっかり考えてきた。それがこわくて、毎日めちゃくちゃに体をきたえてきた。でもな、もういいんだ。おれがここで勝っても負けても、あんたたちはすぐに、おれのことなんかわすれるだろう。むかし、空手と試合をしてボロボロになった、なんとかというばかなレスラーがいた、くらいの話で、それもすぐにわすれてしまう。それもいい。きょう、おれがここで戦うのは、たった三人の人間のためだ。その三人さえおれのことをわすれずにいてくれたら、それでいい。そのために戦う。それはおれ自身と、おれのカアちゃんと、おれのムスコだ」

そこまでいうと牛之助はマイクを返し、ふかぶかとまわりに一礼した。われるような拍手と同時に、ゴングが鳴った。

タケルは、自分の視界のなかにすこしだけ入っている下田くんの肩が、こきざみにふるえているのを目にとめていた。

ゴングが鳴ると同時に、カーマンの右足が、ブンと音をたてて牛之助めがけてとんだ。ゴギッとにぶい音がした。牛之助がうでをX形に組んで、けりをガードしたのだ。その顔が苦痛にゆがんだ。ガードしたうで自体に、かなりのダメージがあたえられたにちがいない。

そのおろした右足をじくにして、こんどはカーマンの左足が、風車のようにまわって牛之助の肩口におそいかかった。牛之助はその足首を両手でガキッと受けとめた。館内の全員が、ハッと息をのんだ。相手の体をつかまえることができれば、勝負はレスリングに有利になるのだ。

しかし、つぎのしゅんかん、カーマンは左足首を牛之助にあずけたまま、ふわっと宙にういた。その右足が円をえがいて牛之助の後頭部にすいこまれるように命中した。エンズイげりだ。

牛之助の体はそのままゆらりとゆれると、ゆっくり地ひびきを立ててマットの上にたおれた。

「いこう！」

下田くんがすくっと立ちあがった。タケルがおどろいて見あげたその顔は、なみだでぐしゃぐしゃにぬれていた。

「国技館へいこう。お父さんにいうんだ。もういいからって。死んじゃうよ、お父さん」

タケルはうなずくと、もうすでに走りだした下田くんのあとについて、くつをサンダルのようにつっかけたままで表通りに飛びだし、タクシーを止めた。

「国技館！　大急ぎで！」

車のなかの十数分が、気の遠くなるような長さに感じられた。

国技館につくなり、ふたりは受付の制止をふりきって場内に走りこんだ。

信じられないことだったが、牛之助はまだリングの上に立っていた。ひたいがカーマンのけりで切れて、顔じゅうが血でまっかだったが、その赤いなかで二つの目はらんらんと光っていた。両手はだらりとさがって、まったくの無防備の状態である。立っているのがやっとなのだろう。その腹めがけて、カーマンがけりをバシッと的確に入れている。

だが、牛之助は腹をことさらにつきだして、自由に打たせながら、カーマンにゆらりゆらりと近づいていく。その顔はニタニタわらっているようにさえ見えるではないか。カーマンの表情に、ほんのすこし恐怖の色がうかんだ。ふつうの人間なら、とっくに内臓破裂で死んでいるはずなのだ。

タケルの頭に、あのおなかをおもいきりなぐったときの岩のような感触がよみがえった。

「お父さあん!」

空気を切りさくようなするどいさけびが、リングサイドで放たれた。下田くんはリングのすぐそばまで走りよっていったのだ。

カーマンの視線がいっしゅん、そのさけび声のほうにむけられた。そのしゅんかん、牛之助の体がサッと動いて、カーマンのうしろにまわりこみ、太い両うでがカーマンのこしをガキッととらえた。牛之助の上半身は、もがくカーマンの体をしめあげたまま、ぐいっとうしろへのけぞった。バックドロップ（そり投げ）だ。カーマンの後頭部は、そのまま円をえがいてマットの上にはげしく打ちつけられた。

そして、つぎにカーマンが目ざめたのは、病院のベッドの上であった。

こりないおじさん

タケルと下田くんは、電車のなかでひじでおたがいをつつきあいながら、わらいをこらえていた。

むかいの席にすわっているおじさんが、大きく広げているその新聞の一面に、歯をむきだしておこっている牛之助の顔がアップでのっていたからだ。その上の見出しには、まっかな字で、

「牛之助、古葉に死の通告!! 〝二メートルのかんおけを用意しておけ!〟」

と書いてある。

（こりないおじさん……）

タケルは、牛之助のかたいおなかを思いだしながら、そう思った。

（おわり）

たばこぎらい

え、たばこのお話でございまして。私、だいたいロングピースを一日五十本くらい吸います。人間の姿はしておりますが、実体はただの煙突でございます。酒はときどきやめたことありますが、禁煙というのはこの二十二年の生涯、ついぞ考えたこともない。……いや、吸い出したんが十七、八ですからね。それから二十二年。最初っからヘビースモーカーなわけないんで。とにかく大人のマネがしたかったんですな。水割りに煙草の煙、寄ってくるねえちゃん。そうです、私にとって「大人の世界」いうのはキャバレーのことやったんですな。で、とりあえずたばこでもやってみよう、いうんで、たばこ買って高校へ行きます。学食でうどん食うたあとで、裏手の松林の校長の銅像の裏で、プカーッと一服。「食後のこの一服がたまらんのや」てなことを言うてね。その頃、私、「ルナ」という煙草を吸うておりました。かわいいですねえ。銅像の裏で「ルナ」。その青少年が長じて、いまや立派な煙突になったわけです。ただ、最近どうもおかしいのは、いたるところから「灰皿」が消えてますな。公共施設いっても鉄道《JR》の待合所みたいなとこいっても、昔はずらっとあった灰皿がない。これは組織的な灰皿泥棒が暗躍してるんやないか。……そんなことはない。灰皿盗んでどないするんですか。

嫌煙権運動がようやっと定着しつつあるわけですな。「ケンエンケン」。「猿を嫌う権利」ですな。……すみません、もう言いません。この嫌煙権、私はヘビースモーカーですが、一切反対はいたしません。人の吸った煙をかがされるというのは、オナラをかがされるのといっしょですからね。おまけに体に悪い。たばこ呑みが迫害されるのは当たりまえです。〝嫌煙権もいきすぎると魔女狩りや〟てなことを吸う人の側は言いますが、私はもっともっといじめてほしい。私、マジョですから。

おあとがよろしいようで……。

よろしくない。

そうですね、いまのは、マクラだったんですね。みなさん、くれぐれも寝たばこはやめましょうね。

課長　中島くん、ここが今日から君のつとめる庶務課だ。

中島　はい、課長。えらい、きれいなオフィスですね。

課長　ああ。この前まで、壁がヤニでくすんどったんやが、奮発して内装やりなおした。
中島　そういえば、どなたもたばこ吸ってらっしゃいませんねえ。
課長　中島くん。うちの会社では、「たばこ、倒産、おまんこ」この三つは禁句だよ。
中島　はあ。
課長　もしかして、きみは……たばこ吸うのかね。
中島　はい、ロングピース五十本ほど。
課長　かわいそうに。社風も知らずに入社してきたな。うちの社長は、昔の専売公社な、あそこの入札に落ちて会社が傾きかけたことがあるんや。それ以来、社長は大のたばこ嫌いや。
中島　んな、むちゃくちゃな。
課長　（社員にむかって）きみら、例の社訓をこの新人の中島くんに聞かせてやってくれ。
社員一同　はいっ！（起立して）
♪わしらはシガーないサラリーマン
ニコチンニコチンニコチンチン
中島　ほう。〝シガー〟と〝しがない〟と、しゃれになっとるわけですな。

課長　黙って聞きたまえ。
社員　♪たばこ一本恥のもと
　　　吸わせてなろうか
　　　吸わせません
　　　ニコチンニコチンニコチンチン
中島　あ、ニコチンニコチンニコチンチンチン。
課長　きみまで歌わんでよろしい。
中島　はい。あんまり調子がよかったもんですから。
課長　ということで、うちの社風はわかってもらえたね。
中島　はあ。しかし、私みたいなヘビースモーカーは、気の詰まったときに一服吸わんとかえって能率が落ちると思うんですが。
課長　そういうときは、女の乳首でも吸いたまえ。
中島　むちゃくちゃ言いよるな。あれでしょうか、どうしてもどっかで煙草を吸うというわけにはいかんのでしょうか。
課長　うーむ。そこまで言うなら仕方がない。これは教えたくなかったが、地下三階に喫煙所がある。
中島　え。それをはよう言うてください。

課長　ただし、喫煙所にいくには私の許可がいるからな。必ず私に言うように。
　そんなわけで、この新入社員、その日から事務の仕事にかかりましたが、なにせ新人ですから、まわってくるのは簡単な仕事ばかりです。お経写すとかね。米粒に般若《はんにゃ》心経《しんぎょう》書くとかね。どうにも肩がこるわりには退屈なんでして。一時間二時間は我慢してたんですが、そのうちにどうしてもたばこが吸いとうなってきた。
中島　はい、課長。
課長　おしっこか。
中島　いや。……小学生やないんで。その……喫煙所にいってたばこを吸いたいんですが。
課長　最近、耳が遠くなってな。なに？　おばこを歌いたい？
中島　いや、そうやないんで。たばこが吸いたいんですうっ。
課長　……。二年前入社してきた山藤《やまふじ》くんも、たしかそんなこと言うとったが、次の日にエトロフへ転勤に。
中島　あそこはまだ日本には返ってないんで。
課長　そうか。それでずっと帰ってこんのか。

中島　知りませんがな。

課長　タイガースの好きな男でな。今年は今頃、流氷のむこうで踊っとるだろう。

中島　山藤くんのことはともかく、私はたばこが吸いたいんです。

課長　どうしてもかね。

中島　ええ、一服吸わんと、イライラして仕事にならんのです。

課長　仕事なんてどうでもいいじゃないか。

中島　へ？

課長　たばこ吸わんですむのなら、能率が落ちたっていいじゃないか。

中島　……かわった会社やな。

課長　どうしても吸うのかね。

中島　ええ、吸いたいです。

課長　ちっと手続きがややこしいぞ。まずこの「喫煙所使用申請書」な。「喫煙所使用誓約書」「使用たばこ銘柄」「予定喫煙本数届け」。これはフィルターから何ミリくらいのとこまで吸うかまで書いといてくれたまえよ。あとでチェックするからな。

中島　えらい、厳しいんですね。

課長　それから、作文「私はなぜたばこのとりこになったか」四百字詰め原稿用紙二十枚。

中島　そ、そんなもの書いてたら、いつまでたってもたばこ吸えないじゃないですか。
課長　それは一理あるな。
中島　むちゃくちゃですよ。
課長　よし、このレポートは事後提出ということで勘弁してやろう。早く書類を書きたまえ。書いたか。よし。では次に。
中島　えー。まだあるんですか。
課長　あたりまえじゃないか。たばこは健康に悪いことは重々知ってるだろう。そんな悪いものを吸う前に、運動場を三周してきたまえ。
中島　げっ、走るんですか。
課長　トレーニングウェアは私のを貸してやる。
中島　はあ。で、その運動場というのはどこに。
課長　……ん？……ああ、うちの会社は運動場なかったんだ。すまんすまん。私、ここへくる前、女子高につとめとったもんでね。で、まあ、生徒に手を出して。……ねえ。
中島　知りませんよ。
課長　じゃあ、いよいよ行こうか。喫煙所へ。
中島　はい。

二人してエレベーターに乗りますと、降りたどん詰まりが地下三階。

課長　ついたよ。

中島　なんや、まっ暗ですなあ。

課長　ああ、この階は古い資料とかの置き場でね。電気つけといてもムダだってんで、配線が切ってあるんだ。

中島　それにしても、何にも見えません。

課長　たしかこの辺にランプがあったはずだ。お。あった、あった。きみ、たばこ吸うならライター持っとるだろう。点けてくれたまえ。

中島　ランプ？……。せめて懐中電灯くらい置いといたらどうですか。

課長　社の方針に口を出すな。おお、点いた点いた。それにしても暗い廊下だな。中島くんも、足もとに気をつけろよ、あっちこっち資料が山積みになっとるからな。こんなところでころんで頭の鉢が割れて脳みそでも出てみろ、〝しりょうのはらわた〟だ。どうだ、いまのシャレ。

中島　はあ、何か評価言わんといけないんですか。

課長　わあっ！

中島　どうしました課長。
課長　なにか、私の顔に。と、取ってくれ。
中島　ああ、クモの巣ですよ。ほら、取れました。
課長　なんだ、クモの巣かね。私はまた、アカナメに顔をなめられたかと思ったよ。
中島　何ですか、そのアカナメってのは。
課長　この、大阪市道修町《どしょうまち》に棲むといわれるローカルな妖怪だよ。……わああっ！
中島　なんですか？　課長！
課長　なにかが、私のズボンのすそから上に登ってきた。
中島　え？　あ、ほんとですね。もごもごしてる。えいっ、えいっ！……ああ逃げてった。
課長　いまのは妖怪スネノボリ。
中島　いや、課長。いまのはネズミですよ。
課長　ああ、ネズミか。……よかった。スネノボリでなくて。
中島　なんなんですか、そのスネノボリってのは。
課長　話せば長くなる。
中島　しかし、えらいところですねえ。クモの巣は張ってるし、ネズミはうろうろしてるし。

課長　ああ。二年前に、あの山藤くんが喫煙所にきて以来、誰も地下三階にははいってないからな。私も二度とこんなところにはきたくなかったんだよ。あと三年で停年だからな。きみがたばこ吸いたいなんて言うもんだから。
中島　は。すいません。
課長　すわないんだな。じゃ、帰ろう。
中島　課長、そんな江戸時代のギャグ言わないでくださいよ。
課長　そうか？……さ、着いたぞ。ここが喫煙所だ。
中島　なんか、座敷牢みたいな部屋ですね。
課長　換気をよくするために格子造りにしてある。え、と、鍵は、と。ジャラン、ジャラン。うむ、これだ。あけるぞ。がちゃり。ぎ、ぎぎぎぎぃ〜っ。さ、そこの畳の上にすわりたまえ。
中島　はい。なんか、明日でも獄門台にいかされそうな雰囲気やな。
課長　これが灰皿だ。
中島　これ、ラーメン鉢ですね。
課長　来々軒が、九年前に丼を取りにくるのを忘れたのだ。それを灰皿に使ったところ、一年後に来々軒はつぶれた。
中島　だからどうなんですかっ。

課長　おそろしいことだ。
中島　あの。もう吸ってもよろしいんでしょうか。
課長　ああ、吸いたまえ。そのまえに、きみさっきライターを持っとったな。あれを私にあずけたまえ。
中島　え。はい。（渡して）けどライターがないと火がつけられません。
課長　火はね。自分でおこすのだ。
中島　自分で？
課長　そこに木の板と木の棒と、おが屑《くず》があるだろう。それで自分で火をおこすのだ。
中島　んな、むちゃくちゃな。
課長　さっきの「喫煙所使用誓約書」をよく読まなかったのかね。いろいろ条件が書いてあったのに。とにかく、マッチ、ライターなど、文明の利器は一切禁止だ。たばこが吸いたくば、火は自分でおこすのだ。
中島　おこすって、これ、どうやるんですか。
課長　教えん。
中島　そんなこと言わないで、教えてくださいよお。
課長　ふむ。仕方がないな。この平らな木に固い棒を当てて、ぐりぐりこするのだ。摩擦熱で煙が出たところで、おが屑を少しずつ添えて、ふうふう息で火をおこす。

中島　えー。そんな。
課長　言っとくが、この喫煙所の使用許可時間は二十分だ。あと十五分しかないぞ。
さ。早く火をおこさんか。
中島　はいっ！　こうかな。キリキリキリキリ、キリキリキリキリ。
課長　〝キリキリ〟じゃないだろう。なぜ歌わん。
中島　はい？
課長　誓約書に書いてあったろう。〝火をおこす際には、火の神に捧げる歌を歌うこと〟。
中島　ど、どんな歌ですか。
課長　きみ。新入社員の分際で、それを私にやらすのかね。
中島　だって。やってもらわないと歌えません。
課長　しょうがないな。こうだ。
♪スイタイ・マニマニマニマニダスキ・
スイタイナ～スイタイナ～。
スイタイ・マニマニマニマニダスキ・
スイタイナ～スイタイナ～。
……覚えたね。二度とはやらんぞ。

中島　はい。わかりました。♪スイタイマニマニマニマニダスキ・スイタイナ〜スイタイナ〜、スイタイ・マニマニマニマニダスキ・スイタイナ〜スイタイナ〜。ああ、もう手が痺《しび》れてきた。♪スイタイ・マニマニマニマニダスキ・スイタイナ〜スイタイナ〜。ああ、てのひらの骨まで痛《いと》なってきた。

課長　あと六分だぞ。

中島　はい。♪スイタイ・マニマニマニマニダスキ・スイタイナ〜スイタイナ〜。スイタイ・マニマニマニマニダスキ・スイタイナ〜スイタイナ〜。

課長　あと四分。

中島　ああ、なんかもう、自分の手か人の手かわからん。♪スイタイ・マニマニマニマニダスキ・スイタイナ〜……ん？　おお、煙が出てきた！　課長、やりました。

課長　ふん。

中島　ここへおが屑を詰めて吹くんやな。ふう〜っ、ふう〜っ。

課長　歌は。

中島　やかまっしゃい！　息吹きながら歌えるかい。ふう〜っ、ふう〜っ。お……おお、赤《あこ》うに火が点《とも》った。へへっ。そしたら課長、さっそく一服吸わせてもらいまっせ。

課長　好きにせいっ！

中島　へっへっへっへっ。(火元に煙草を近づけて) 消えるんやないで。よしよし。

うん。すう〜っ、すぱあ〜っ！　すううっ、ぷはあ〜〜っ！……ひぃぃぃっ、う、うまいっ。
課長　うまいか。
中島　うまいかなんてもんやない。うぅまい。うまい。
課長　きみは……クビや。
中島　え……なんでですか。
課長　誓約書をよう読まんかったんやな。〝吸うこと許す〟とは書いてあるが、〝吐いてもええ〟とは書いてない。

編者解説

小堀　純

二〇一五年の『中島らもエッセイ・コレクション』に続き、今回は『短篇小説コレクション』である。

数多《あまた》あるらもさんの短篇傑作群から「十五本」だけ選ぶというのは、理不尽な話である。

編集者冥利に尽きる仕事なのだが、同業者諸兄、読者の皆様から「あの作品が入っていないのは納得できない。おかしいじゃないか」というお叱りの声が聞こえてきて、書店に行くのが怖い。

で、選ぶのに苦労したかというと、実はそうでもない。

読んでいただければおわかりと思うが、らもさんの小説はホラーと笑い、ロックを中心とした音楽ものとバラエティに富んでいて、どの作品を選んでも、それが〝ベスト・セレクション〟になってしまう。つくづく天才だと思う。

「日の出通り商店街　いきいきデー」も書けば「お父さんのバックドロップ」も書く。

怪奇小説も書けば落語も書く。その多彩な作品群は、どれもが皆「中島らも」なのである。

娯楽作家を任じていたらもさんは注文に合わせてエンターテイメントを書くことも多々あったが、お筆先で自動筆記のごとく内面を書くこともあった。

単行本デビュー作となった「頭の中がカユいんだ」は、当初、版元からの注文は「大阪若者百景」を描いてほしいという、くだけたテーマだったが、真夏に部屋に籠りウィスキーとクスリでラリリながら一日に七十枚ものハイスピードで書いた作品は中島らもの内面がうねるように展開する、おかしくも美しい一篇だった。

巻頭に収録した「美しい手」と「〝青〟を売るお店」は未発表作品である。らもさんが二〇〇四年七月二十六日に亡くなり、中島らも事務所にあった原稿、資料、著作物などを私の事務所で預ることになった。

この二作は原稿ケースに入っていた見覚えのある（活字化され各誌・紙に掲載された）原稿に混じって、ほんとうにひっそりと仕舞われていた。

奥様の美代子さんにおみせしても見覚えがないという。

ＬＩＦＥの原稿用紙にエンピツで書かれた原稿はたたずまいも美しく、何より書かれている世界が、時間が、美しかった。

とりわけ「美しい手」は、震えた。

私は「美しい手」が出版されれば、もう編集者を辞めてもいいと思った。この作品が陽の目をみるまでは死ねないと思った。

おそらく、らもさんが広告代理店㈱日広エージェンシーにいた頃で、一九八三〜八六年頃の作品だろうと思う。エッセイの注文がきだして、多いときは月に四十本ぐらい書いていた（らもさん自身もどこに何を書いたかリストを作っておらず、この二作もミニコミか業界紙・誌に書いたのかもしれないが——）。

依頼主の注文に応じて書いていたが、何かのはずみで「頭の中がカユいんだ」のように書いてしまったのだろう。依頼主の頼んだ内容と違うのでボツになったのではないか。その頃は書きたいものを書くのではなく、職人的に注文をこなして書きまくっていた。そんな中、つい、自分が出てしまった。

筑摩書房の井口かおりさんが「美しい手」の美しさに感動し、今回の出版につながった。

長年、らもさんにお世話になった私には、望外の喜びである。

収録した作品中、一番若くに書かれたのが、「美しい手」で、その少し後に書かれたのが「〝青〟を売るお店」だろう。文中に出てくる♫俺の葬式にゃ、みんなで赤い服を着てきておくれーは、らもさん作詞の「モウニング・ブルース」である。

ロック小説の傑作「ねたのよい」は村八分の山口冨士夫のために書いた一篇である

（『村八分』山口冨士夫　二〇〇四年Ｋ＆Ｂパブリッシャーズ）。らもさんは山口冨士夫にこの小説を贈り、山口冨士夫はらもさんのライヴにゲスト出演した。その山口冨士夫さんも亡くなった。

　そうして最後の小説、遺作となったのが転落事故に遭う三日前に書かれた「ＤＥＣＯ－ＣＨＩＮ」である。光文社文庫の『異形コレクション』通巻三十巻記念『蒐集家』（監修・井上雅彦）への書き下ろしだった。ゲラが上がったとき、らもさんは集中治療室にいたので私が校正をした。この小説に出てくる〝コレクテッド・フリークス〟の話は、絶筆となった長篇小説『ロカ』にも出てくる。

　らもさんは今頃、どうしているんだろう。山口冨士夫さんや仲間を集めてバンドしてるんじゃないか。らもさんはその美しい手さばきで、ギターを弾いているに違いない。

解説　上演されたワールド

松尾貴史

　中島らもは、我が師であった。金鍔や最中や羊羹ではない。それは和菓子だ。

　こういうくだらない駄洒落に対しても愛情を注いだ、優しい人柄であった。いや、駄洒落に愛情を注いだからといって優しいとは限らないのだが、万度そういう所のある人だったということだ。

　私が「らもさんは師匠です」と言うと、やや声を荒らげつつ、「君は弟子やない！友達や！」とおっしゃるのだが、私はただただお慕いしており、尊敬していたのだった。どこをどうと言われても、例え話が山ほど出てくるので、読者の迷惑を考えて敢えて書かないようにするのだが、とにかく私だけでなく、関わり合いになった人々は皆彼の求心力に吸い寄せられ、巻き込まれ、心酔するのだった。らもさんは、誰にでも優しいというわけではない。「らも、友達やんけ、頼むわあ」などと近寄ってくるものに対しては、

「君は友達やない。知り合いや！」

と、きっぱり言い放つような人であった。

初めてらもさんの本の単行本か文庫本かの「解説」を出版社から仰せつかった時は、そのこと自体を著者であるらもさんが承知しておらず、杯を酌み交わしている時に流れでそのことを言うと、

「え、それは申し訳ないことになったな、僕は友達に解説の原稿を頼むのは気が進まへんのや」とおっしゃる。その理由を問うと、「頼まれた人は本を一冊読まなあかんやろ。それは要らんストレスや。僕から友達や知り合いを挙げて、解説はこの人に頼んでくれ、なんてことは言うたことがない」と言うのだ。何という美しい考え方、何という思いやり。

しかし、中島らも作品を再読することをストレスに感じる友人知人もいないので、らもさんの思いやりはこの件に関しては、あまり機能することはなかったのだろう。

らもさんには、「神も仏もアルマジロ」という創作落語を書き下ろしてもらったことがあり、四半世紀以上経った今も、たまに高座にかけることがある。もう一席書いてもらうというのも申し訳なかったし、すでに新作落語をまとめた本を出しておられたので、ある時、らもさんの本の中にある創作落語を高座にかけたいと申し出たら、快諾を頂いた。いや、快諾というよりも、少しひねった返答をされたのだった。

「この本は君に献本したかなあ」

「いえ、本屋で買いました」

「それやったら、本の内容は金を払った君のものやないか」

「え」

「本の内容はそれを買った読者のものや。いちいち著者にお伺いを立てんでよろしい」

「えーっと……」

といったような会話だった。もちろん、そういう原則があったわけではないだろうが、きっと照れ隠しでそういう言い方をなさったのだろう。

先ほどの「友達やんけ」氏が、私に依頼した破格の安値の出演料の仕事があった。もちろん「友達やんけ」というノリで頼んで来たものだった。らもさんのことを友達呼ばわりする人の仕事を断るわけにはいかないので引き受けたのだが、そのことを知ったらもさんは激怒して、私も大いに面食らったものだ。

「友達やからこそ条件の良い仕事を持って来るべきやろ！　やっぱりあいつは友達やない！」

そう言われてハッとしたのだが、後の祭りだった。

一緒に旗揚げをした劇団でも、らもさんが座長の時代には、下の者ほど手厚く扱ってくれたし、「劇団内の上下関係は無くそう」という理念が生きていた。集団の中で、一番弱い立場の者に対するらもさんの思いやりは徹底していて、何か弱い立場の者が居心地の悪いようなことが起きたり空気が広がったりすると、「証拠が残らない助け舟」を出すのもらもさんだった。この「証拠が残らない助け舟」というのが、すこぶる巧みならもマジックだったのだ。

らもさんの書いた小説にも、常に弱者に対する愛が満ち溢れている。もちろん、それを意識してそうしていたわけではなく、自然とそれが読者に伝わってしまうのだろうと思う。

本書に収められた初収録の作品は、どちらも美しい詩のような作品だ。そして、その世界は大阪といういい意味で俗な空間で生まれた奇妙なコントラストを醸し出している。

本書には、映画化された作品が三本収録されている。「クロウリング・キング・スネイク」は、オムニバス映画「らもトリップ」の中の一編で、私はその主人公の父親役でおろおろしている。「お父さんのバックドロップ」は宇梶剛士主演で、彼の代表作の一つにもなっている。「寝ずの番」は、同じく盟友の桂吉朝さんが落語指導で参加しているが、原作にも登場する春歌の幾つかは、酒席で私がらもさんに伝えたものだった。私が大阪の堂山町のバーで酔って歌って呆れられた戯れ歌を、映画では中井貴一さんが歌ったのである。

実は、二〇一四年末に、私が座長を務める演劇ユニットAGAPE store（アガペーストア）の復活第一弾で上演した演目「君はフィクション」は、同じらも一門の山内圭哉や南野陽子さんの客演で異様な盛り上がりを見せたのだが、実はいくつかのらも作品をフランケンシュタインの怪物のように一つのストーリーに繋ぎ合わせた、らもワールド全開の作品だった。本書に収録されている作品の中でも、「EIGHT ARMS TO HOLD YOU」「コルトナの亡霊」「たばこぎらい」が編み込まれている。これは、もちろん異質のストーリーを組み合わせたので互いに拒否反応を見せても良さそうなものなのだが、中島らもから生前絶大な信頼を得ていたG2の上演上の改変と演出によって、らもワールドを損なうことなく再構築できたと自画自賛しているのだが、それを可能にしたのがらもワールドともいうべき世界観のなせる業なのかも知れない。

私は我が師・中島らもの享年をいくつも超えてしまったが、いつまでも偉大で優しい師であり続けるだろう。

出典

美しい手　未発表
〝青〟を売るお店　未発表
日の出通り商店街　いきいきデー　『白いメリーさん』（一九九四年講談社→一九九七年講談社文庫）
クロウリング・キング・スネイク　『白いメリーさん』
ココナッツ・クラッシュ　『エキゾティカ』（一九九八年双葉社→二〇〇二年双葉文庫→二〇一〇年講談社文庫）
琴中怪音　『流星シャンハイ』（一九九四年双葉社）→『エキゾティカ』
邪眼　『人体模型の夜』（一九九一年集英社→一九九五年集英社文庫）
EIGHT ARMS TO HOLD YOU　『人体模型の夜』
コルトナの亡霊　『異形コレクション――キネマ・キネマ』（二〇〇二年光文社文庫）→『君はフィクション』（二〇〇六年集英社→二〇〇九年集英社文庫）
DECO-CHIN　『異形コレクション――蒐集家』（二〇〇四年光文社文庫）→『君はフィクション』

ねたのよい――山口富士夫さまへ――『村八分』（二〇〇四年K&Bパブリッシャーズ）↓『君はフィクション』
寝ずの番『寝ずの番』（一九九八年講談社↓二〇〇一年講談社文庫）
黄色いセロファン『寝ずの番』
お父さんのバックドロップ『お父さんのバックドロップ』（一九八九年学習研究社↓一九九三年集英社文庫）
たばこぎらい『牛乳時代――らも咄《ばなし》』（一九九三年角川書店〈『らも咄《ばなし》②』〉）↓一九九六年角川文庫）

本書のなかには今日の人権意識に照らして不適切な語句や表現がありますが、時代的背景と作品の価値にかんがみ、また、著者が故人であるためそのままとしました。

本書はちくま文庫のためのオリジナル編集です。

上方落語
桂枝雀爆笑コレクション2 ——ふしぎななあ　桂枝雀

桂枝雀の落語速記、第2巻は、枝雀落語の真骨頂ともいうべき、シュールな魅力にあふれた作品群。まさに落語はSFです。（島崎今日子）

上方落語
桂枝雀爆笑コレクション3 ——けったいなやっちゃ　桂枝雀

第3巻は「けったいなやっちゃ」。現実にはありえないような人物も、枝雀口演にかかればアナタの隣にいそうな人物に……！（柳家小三治）

上方落語
桂枝雀爆笑コレクション4 ——萬事気嫌よく　桂枝雀

第4巻は、枝雀師が好んで色紙に書いた言葉、「萬事気嫌よく」。枝雀落語に出てくる「気嫌のいい人」の代表格たちをご紹介。（上田文世）

上方落語
桂枝雀爆笑コレクション5 ——バことに面目ない　桂枝雀

最終巻は、「バことに面目ない」。落語の笑いを「他人のちょっとした困り」と定義した枝雀師。窮地に立った人間の姿やいかに！（小佐田定雄）

桂枝雀のらくご案内　桂枝雀

上方落語の人気者が愛する持ちネタ厳選60を紹介。噺の聞かせどころや想い出話をまじえて楽しく落語の世界を案内する。（イーデス・ハンソン）

らくごDE枝雀　桂枝雀

桂枝雀が落語の魅力と笑いのヒミツをおもしろおかしく解きあかす本。持ちネタ五選と対談で、「笑いの正体」が見えてくる。（上岡龍太郎）

いい子は家で　青木淳悟

母、兄、父、家事、間取り、はては玄関の鍵の仕組みまで、徹底的に「家」を描いた驚異の「新・家族小説」。一篇を増補して待望の文庫化。（豊﨑由美）

青春と変態　会田誠

著者の芸術活動の最初期にあり、高校生男子の暴発するエネルギーを、日記形式の独白調で綴る変態的青春小説もしくは青春的変態小説。（松蔭浩之）

うれしい悲鳴をあげてくれ　いしわたり淳治

作詞家、音楽プロデューサーとして活躍する著者の小説&エッセイ集。彼が「言葉」を紡ぐと誰もが楽しめる「物語」が生まれる。（鈴木おさむ）

虹色と幸運　柴崎友香

珠子、かおり、夏美。三〇代になった三人が、人に会い、おしゃべりし、いろいろ思う一年間。移りゆく季節の中で、日常の細部が輝く傑作。（江南亜美子）

ちくま文庫

中島《なかじま》らも短篇小説《たんぺんしょうせつ》コレクション

——美《うつく》しい手《て》

二〇一六年三月十日　第一刷発行

著　者　中島らも（なかじま・らも）
編　者　小堀純（こぼり・じゅん）
発行者　山野浩一
発行所　株式会社　筑摩書房
東京都台東区蔵前二―五―三　〒一一一―八七五五
振替〇〇一六〇―八―四一二三
装幀者　安野光雅
印刷所　三松堂印刷株式会社
製本所　三松堂印刷株式会社

乱丁・落丁本の場合は、左記宛にご送付下さい。
送料小社負担でお取り替えいたします。
ご注文・お問い合わせも左記へお願いします。
筑摩書房サービスセンター
埼玉県さいたま市北区櫛引町二―六〇四　〒三三一―八五〇七
電話番号　〇四八―六五一―〇〇五三

ISBN978-4-480-43349-7　C0193